화이트

미술관

당신, 여기 놀러 올래요?

차례

프롤로그 _ *3*

당신, 여기 놀러 올래요? 1 _ *7*
당신, 여기 놀러 올래요? 2 _ *53*
당신, 여기 놀러 올래요? 3 _ *87*

에필로그 _ *135*
작가의 말 _*143*

: 프롤로그

인구 77만의 북쪽 예술 도시

본토와는 비행기로 연결되며, 자연과 문화가 공존하는 섬

   세상의 끝이라 불리는 북쪽 섬, 엘즈미어는 바다에 둘러싸인 고요한 도시였다. 77만의 사람들이 눈과 바람, 그리고 빛의 각도로 하루를 체감하며 살아간다. 도시 외곽의 작은 비행장을 통해 본토와 연결되어 있지만, 이곳의 시간은 어디에도 닿지 않는 독립된 리듬을 따라 흘러간다. 그 중심, 빛이 가장 오래 머무는 언덕 위에 하나의 건물이 서 있었다.

화이트 미술관(The White Museum)

온통 흰색 벽과 투명한 유리창으로 둘러싸인 이 건축물은 전 세계를 통틀어 단 하나의 작품만 남기고 사라진 신비로운 건축가 아모르파티의 유작이었다. 천장은 마치 하늘을 끌어안은 듯 높고 투명했으며, 이곳에서 시간은 멈추는 것이 아니라 투명해져 버렸다.

개관 첫날, 하얀 조명과 투명한 문들 사이로 코코라는 이름표를 단 여성이 들어섰다. 그녀는 이곳의 전시요원이자 미술관의 조용한 관찰자였다. 네모반듯한 화이트 미술관에서 펼쳐지는 일상의 풍경들—관람객들의 다양한 반응과 작품을 지키기 위한 고군분투, 그리고 함께 일하는 동료들과의 소소하지만 특별한 이야기들. 현실과 환상이 교차하는 이 공간에서, 코코는 예술과 삶이 만나는 순간들을 목격하게 될 것이다.

엘즈미어의 하얀 미술관에서 시작되는 이야기는, 보통의 일상 속에서 피어나는 판타스틱한 순간들을 담고 있다.

당신, 여기 놀러 올래요?

1

⟨루치오 폰타나, 오마주, 챗gpt그림⟩

엘즈미어섬, 2024년 1월
코코, 스물 아홉

면접 날

  버스에서 내리자 낯선 공기가 얼굴을 스쳤다. 이런 곳에 미술관이 있다니. 주변은 온통 낯선 기운의 모르는 동네였다. 좁은 골목길을 지나 언덕을 오르기 시작했다. 겨울바람이 차가웠다. 언덕 위로 올라갈수록 심장이 콩콩 뛰고 있었다.

  화이트 뮤지엄이 보였다. 겨울 햇살을 받은 온통 흰 색의 유리 건물이 조용히 서 있었다. 이상하게 외롭고 신비로운 모습이었다. 로비 앞 커다란 통 유리 문을 열고 안으로 재빠르게 들어섰다. 벽도 하얗고 유리는 모두 통창으로 투명했다. 코코는 안으로 들어가면서 새로운 곳에 왔음을 실감했다.

  코코는 스물 아홉이었다. 주말에만 일할 수 있는 알바를 찾고 있었다. 주말 이틀, 미술관에서의 일. 이 일을 하는 사람을 지킴이 또는 전시요원이라 불렀다. 지키고 서 있는 일이 별거 아닌 일 같았지만, 코코한테는 뭔가 특별할 것 같았다. 로비에서 잠시 기다리고 있는데, 안내를 받아 면접이 진행되는 세미나실로 향했다. 문을 열고 들어가니 두 명의 면접관이 앉아 있었다. 정장을 입은 남자와 아이보리색 블라우스를 입은 앳되보이는 삼십 초반의 여자가 있었다. 남자는 50대 초 중반으로 보였고, 이 엘즈미어 섬에 온 지 얼마 안 된 느낌이 났다.

"코코 씨, 앉으세요." 여자가 먼저 말했다. 목소리가 부드러웠다. 코코는 조심스럽게 의자에 앉으며 숨을 고르게 골랐다. 남자가 이력서를 천천히 읽기 시작했다. 여자는 코코를 한 번 보더니 미소를 지었다. 긴장이 조금 풀렸다.
"전공이 영어네요." 여자가 이력서를 보며 말했다.
"부전공은 유아교육이고요. 특별한 조합이라 더 좋은데요."
"네, 좋아하는 것들로 전공과 부전공을 같이 했어요."
"미술관에서 일하고 싶은 이유가 있을까요?" 남자가 물었다.
"특별한 경험을 해보고 싶어서요. 그리고 질문들이 쉴새 없이 이어졌다. '일찍 올 수 있는지, 오래 서 있어도 괜찮은지, 외

국인 관람객이 오면 영어로 응대 가능한지'에 대해 물었다. 마지막 질문쯤에 남자가 엄숙하게 물었다.

"담배 피우세요?"

코코는 예상 밖의 질문에 당황했지만 이내 대답했다.

"아니요."

"좋습니다. 작품 보존을 위해 중요한 부분이거든요." 여자가 설명했다.

면접이 끝나갈 무렵, 밖에서 노크 소리가 들렸다. 다음 면접자가 온 모양이었다. 코코는 인사를 하고 세미나실을 나왔다. 복도에서 머리가 희끗한 70대쯤 되어 보이는 어르신과 마주쳤다. 단정하게 차려입은 모습이었다. 어르신은 코코에게 작게 고개를 끄덕이며 지나갔다. 그 뒷모습을 보며 코코는 마음이 따뜻해졌다. 그 나이에도 새로운 일을 시작하려는 용기가 대단해 보였다.

건물 밖으로 나오니 겨울 햇살에 미술관은 더욱 반짝였고, 코코는 이제 이곳에서 일할 생각에 기분이 한껏 들떠 있었다. 언덕 아래 이 도시 전체 풍경이 내려다보였다. 기분 좋은 발걸음으로 미술관 면접을 마치고 돌아섰다.

이틀 후, 코코는 합격 문자를 받았다.

"주말 전시 요원으로 채용되셨습니다. 드레스 코드는 블랙입니다."

손 떨리는 마음으로 문자를 읽었다. 이곳 엘즈미어 섬에 입도한 이후 문화생활에 늘 목이 말라 있던 코코는 이제야 이런 곳에서 원 없이 문화 혜택을 누릴 수 있다는 생각과 이곳에서 일하는 동안 얼마나 근사한 일이 생길까 하며 입꼬리가 설렘 가득안고 하늘 높은 줄 모르고 솟아 올랐다.

개관식 아침

드디어 일주일 후, 오늘은 화이트 뮤지엄 개관일이자, 코코의 첫 근무일이었다. 거울 앞에서 검정 정장을 입으며 심장이 다시 빠르게 뛰기 시작했다. 드레스 코드는 블랙. 머리부터 발끝까지 온몸이 검정으로 통일되어 있었다. 미술관에 도착해서 직원 입구로 들어가는데, 경비실에서 익숙한 얼굴이 보였다. 면접 날 복도에서 마주쳤던 그 흰 머리 어르신이었다. 주차원 유니폼을 입고 계셨다.

"안녕하세요." 코코가 인사를 드렸다.
"아, 그날 면접 보던 젊은 분이군요. 반갑습니다." 어르신이 환하게 웃으셨다.
"저도 합격해서 오늘부터 주차요원으로 일하게 됐어요. 잘 부탁드립니다."
"저야말로 잘 부탁드려요."

어르신의 얼굴에는 새로운 시작에 대한 기쁨이 있었다. 그 모습을 보며 코코도 마음이 따뜻해졌다. 미술관 전체가 보이지 않게 들떠 있었다. 유리 벽면들이 평소보다 더 반짝이는 것 같았고, 복도를 지나는 직원들의 걸음에도 긴장감이 묻어났다. 청소부 아저씨는 벌써 세 번째 바닥을 닦고 있었고, 안내 데스크 직원은 계속 안내 책자를 다시 정리하고 있었다. 건물 자체가 숨을 깊이 들이마신 채 무언가를 기다리고 있는 듯했다.

엘즈미어 시의 하늘은 더 없이 맑았고, 바람은 차가웠다. 온 섬이 숨을 죽인 채 고요하기까지 했다. 하지만 그 고요함 속에는 긴장감이 팽팽하게 당겨져 있었다.

입구 앞에는 보이지 않는 경계선이 그어져 있었다. VVIP들이 도착하기 전까지, 스태프들은 그 선을 넘지 않고 정해진 자리에서 대기했다. 사람들의 얼굴에는 기대와 환희 또 설렘이 뒤섞여 있었다.

코코는 오늘 처음으로 검정 자켓을 걸치고 검은색 바지와 신발로 드레스 코드를 맞춰 입었다. 코드명 블랙으로 전시 요원답게 전체 분위기를 읽고 있었다. 화이트 뮤지엄 스탭 명찰을 가슴에 단 채, 유리 창에 비친 자신의 모습을 힐끗 봤다. 낯선 모습이었지만, 동시에 이곳 풍경의 일부가 되었다는 사실에 기뻤다.

오전 아홉 시 정각, 첫 번째 검은색 차량이 나타났다. 차량의 엔진 소리조차 조용했다. 그 뒤로 검정과 진주색 차량들이 마치 연출된 퍼레이드처럼 줄줄이 들어섰다. 엘즈미어의 시장이 먼저 내렸다. 회색 머리에 단정한 턱시도를 입은 그는 건물을 한 번 올려다본 후 만족스러운 미소를 지었다. 이어서 뉴욕 현대미술관 관장이 내렸다. 금발에 검은 선글라스를 쓴 그녀는 걸음걸이만으로도 미술계의 거물임을 알 수 있었다. 그 뒤로 테이트 모던의 수석 큐레이터, 루브르 박물관 현대미술 부문장이 차례로 내렸다. 그 후로도 일일이 누가 누구인지 알수 없었지만 꽤 근사한 멋진 VVIP들이 총 출동하여 화이트 미술관을 가득 채우고 있었다.

가장 눈에 띄는 건 루치오 폰타나 재단 이사장이었다. 이탈리아에서 온 그는 회색 수트에 빨간 포켓스퀘어를 꽂고 있었다. 폰타나의 작품들이 이곳에 전시된다는 소식에 직접 온 것이었다. 그의 등장만으로도 미술관 직원들 사이에서 작은 술렁임이 일었다. 평소라면 신문에서나 볼 수 있는 사람들이 한 자리에 모였다. 코코는 눈을 떼지 못하고 바라봤다. 이런 장면을 직접 볼 수 있다니.

마지막으로 버스에서 대거 내린 사람들까지 입장을 하고 행사는 막 순조롭게 시작될 조짐이 보였다.

인파 속 각자의 그림자가 아모르파티 건축가가 연출한 아주 자연스러운 조화와 빛의 향연이 눈부시도록 아름다운 날이었다. 조용한 행사장은 빛 속에서 그들을 받아들였다. 코코는 이런 글로벌한 인물들을 한 자리에서 보는 게 신기했다. 각자가 가진 아우라가 달랐다. 어떤 이는 카리스마 있게, 어떤 이는 우아하게, 어떤 이는 신비롭게 보였다. 평생 잊지 못할 광경이었다.

관장과 수석 큐레이터가 나타났을 때, 공기 자체가 달라졌다. 그들은 새하얀 슈트를 입고 있었고, 등 뒤로 흩날리는 얇은 스카프 한 줄기마저 하나의 의식처럼 보였다. 그들은 각국에서 날아온 손님들을 향해 짧고 정제된 인사를 건넸다.

현악 사중주의 실내 음악이 아주 작게 깔리며 개관 선언이 시작됐다. 관장의 목소리는 낮았지만 확신에 차 있었다.

"화이트 뮤지엄은 오늘, 엘즈미어와 세계를 잇는 예술의 문이 됩니다. 이곳에서 만나는 모든 작품과 순간이, 여러분의 마음 속에 새로운 세계를 열어줄 것입니다."

조용한 환호와, 입가에 스며든 미소들이 번져갔다. 축포도, 꽃다발도 없었지만, 유리창 위로 스며드는 햇살이 그 누구보다 성대하게, 마치 하늘이 축복하듯 이 미술관의 탄생을 알리고 있었다.

코코는 가슴에 단 화이트 뮤지엄 스탭 명찰을 한 번 내려다보며 자신이 이 역사적인 순간의 일부라는 것을 실감했다. 명찰에 새겨진 자신의 이름이 새삼 자랑스러웠다.

멀리 경비실에서 흰 머리 어르신도 자신의 자리에서 이 역사적인 순간을 지켜보고 있었다. 그 모습이 왠지 든든해 보였다.
그날, 그 공간은 단단한 침묵으로 한 시대의 시작을 품고 있었다. 그리고 코코는 그 시작의 한복판에서, 세계적인 인물들과 함께 숨 쉬고 있었다.

성대한 개관식이 끝나며 음악도 끝이 났다. 이윽고 VVIP들이 전시실을 관람하며 단체 무리들이 떼지어 왔다가 빠져 나가고 그들의 향기와 걸음 걸이 작품을 보는 태도들을 읽을 수 있었다. 하나같이 경건하면서 작품에 몰입한 모습들은 보이지 않는 존경과 존중을 담은 관람 태도들을 보였다. 어찌나 또 멋진 매너를 갖췄는지 지켜보던 코코는 그들의 모습에서 또 하나씩 부자의 바디랭기지도 익힐수 있었다.

서울, 2004년
코코, 스물넷

봄바람이 차가운 날 2004년 3월 12일, 서울에 봄이 왔다고 하는데 바람은 여전히 차가웠다. 스물네 살 코코는 여의도역 개찰구를 빠져나오면서 코끝이 시큰해지는 걸 느꼈다. KBS에서 아르바이트를 시작한 지 한 달쯤 됐는데, 아직도 이 길이 익숙하지 않았다. 그런데 오늘은 뭔가 달랐다. 국회의사당 앞이 사람들로 가득했다.

검은 옷을 입은 사람들이 무언가를 외치고 있었다. 코코는 그 사이로 조심스럽게 걸어갔다. "노무현 탄핵 반대!" 목소리들이 봄바람을 타고 날아왔다. 코코는 괜히 마음이 무거워졌다. 세상의 무게 같은 것이 어깨에 올라앉는 기분이었다.

그때 웃음소리가 들렸다. 시위 현장에서 들리는 웃음이라니. 코코는 고개를 돌려 웃음의 주인을 찾았지만 보이지 않았다. 대신 바닥에 종이비행기 하나가 바람에 굴러다니고 있었다. 코코는 그걸 주워 들었다. 아이가 그린 듯한 그림이었다.

하늘을 나는 작은 비행기, 그 옆에 삐뚤빼뚤한 글씨로 '코코'라고 적혀 있었다. 코코. 이상하게 정겨운 단어였다. 종이비행기를 손에 쥐고 있으니 갑자기 머릿속에 어떤 장면이 떠올랐다. 다섯 살쯤 되어 보이는 아이가 울고 있었다. "아빠가 돌아온다고 했는데..." 코코는 고개를 저었다.

무슨 일인지 모르겠지만, 이 종이비행기에는 뭔가 특별한게 있는 것 같았다. 그래서 주머니에 넣어 두었다. KBS 복도는 어수선했다.

탄핵 소식 때문에 모든 사람들이 바쁘게 움직이고 있었다. 코코는 평소처럼 자료를 정리하면서도 자꾸만 그 아이 생각이 났다.

그날 밤, 코코는 이상한 꿈을 꾸었다. 넓은 방에서 한 아이가 혼자 그림을 그리고 있었다. 그 옆에 정장 입은 남자가 서 있었다.

"코코야, 아빠가 잠깐 일 때문에 멀리 가야 해. 그동안 이 예쁜 언니가 함께 있어줄 거야." 남자는 스물세 살쯤 되어 보이는 여자를 가리키며 말했다. 코코는 꿈 속에서도 당황스러웠다. 자신이 왜 여기 있는지 모르겠지만, 아이가 너무 슬퍼 보여서 다가갔다.

"안녕, 나는 코코야." 아이는 작은 손으로 코코의 손을 잡았다. 그 손이 따뜻했다. 꿈에서 깨어난 코코는 뺨이 젖어 있는 걸 발견했다. 자신의 눈물인지 꿈 속 누군가의 눈물인지 알 수 없었다.

엘즈미어섬, 2024년 2월

미술관 이야기: 공간을 읽는 사람들

  화이트 미술관은 총 3개의 전시관으로 구성되어 있다. 1층에 제1전시관이 있고, 2층에는 제2관과 3관이 나란히 배치되어 있다. 코코는 주로 2층 제2전시관에서 근무했는데, 그곳은 폰타나의 대표 작품들이 전시된 곳이었다.

  코코가 처음 근무를 시작했을 때 가장 당황스러웠던 것은 특이한 관람객들이었다. 티켓을 확인하고 입장을 시킨 후, 그들의 행동을 지켜보면 도무지 이해할 수 없었다.

  "저 사람들은 도대체 뭐하는 거지?"

  그들은 작품을 보기보다 천장을 올려다보며 손짓으로 사이즈를 재고, 발로 몇 걸음 걸어가며 공간을 탐색했다. 첫 번째 학생은 들어오자마자 벽을 툭툭 두드렸다. 작품이 걸린 벽이 아니라, 그 벽을 받치고 있는 구조물의 두께를 듣기 위해서였다. 함께온 일행들과 그들만의 언어로 주고 받는 이야기들로 속닥거렸다. 이들의 중얼거림을 들으며 코코는 깨달았다. 이들은 단체 관광객으로 온 건축학도들이었던 것이다.

다른 학생은 천장을 올려다 보며 한참을 무언가를 하는 듯 했고, 한 사람은 갑자기 쪼그려 앉아서 바닥을 확인하는 행동을 했다. 구두를 벗고 조심스레 바닥에 손을 얹었다.
"여기, 사진 찍으면 안 되나요?"

입장 시 이미 안내를 했던 터라 다 알고 있지만 한 번씩 더 물어보는 사람들. 그래도 재차 물어보며 그의 눈은 작품보다 바닥에 집중해 있다. 건축학도들은 작품 앞에 오래 서지 않았다. 대신 그들은 공간을 걷고 만지며 촉각으로 구조를 읽었다. 한 학생은 사진을 찍으려다 코코와 눈이 마주쳤다. '전시장 내 촬영 금지'라는 안내가 있었지만, 그는 아주 천천히 등을 돌려 몰래 사진을 찍었다. 정확히는 작품이 아니라 작품 너머의 공간과 빛을.

건축학도들과는 정반대로, 미술을 전공한 사람들은 작품 하나를 너무 오랫동안 뚫어져라 보는 경향이 있었다. 45분, 1시간, 심지어 어떤 한 여성은 제2전시관에서 90분 동안 움직이지 않았다. 서 있던 자리에 그림자 길이만 바뀌고, 그녀는 여전히 그 자리에 있었다. 가끔 눈을 감았다가, 작품을 향해 다시 눈을 떴다. 그건 감상이 아니라 명상에 가까운 행위였다.

문제는 이런 깊은 몰입이 때로는 길막음을 만들어낸다는 것이었다. 다른 관람객들이 작품을 보려 해도 그들은 꿈쩍도 하지 않았다. 코코는 조심스럽게 다가가 "다른 분들도 감상하실 수 있도록 조금씩 이동해 주시면 감사하겠습니다"라고 말해야 했다.

그날 오후, 코코는 휴게실에서 차를 마시고 있었다. 진진이 들어오더니 묘한 미소를 지으며 말했다.

"언니, 오늘 완전 재미있는 일이 있었어요."
"뭔데?"

"제2전시관에서 40대 부부가 폰타나 작품 뒤에서 몰래 뽀뽀하고 갔어요!" 코코는 차를 뿜을 뻔했다.

"진짜? 어떻게 됐는데?"

진진은 눈을 반짝이며 이야기를 시작했다.

"그 시간 2관이 정말 조용했거든요. 사람들도 제법 있었는데 한 40대 초반쯤 되는 부부가 들어왔는데, 어머나 글쎄 작품 뒤에서 뽀뽀를 해서 순간 저 커플은 뭐지?" 하며 당황했던 상황을 이야기했다. 진진은 손짓을 섞어가며 계속 설명했다.

"그들이 폰타나의 그 유명한 작품 앞에 멈춰 서더라고요. 하얀 캔버스를 세로로 가른 검은 틈 있잖아요. 여자가 먼저 그 베임을 들여다보더니, 남자가 자연스럽게 그녀 등 뒤로 손을 뻗었어요."

"그래서?"

"그러더니 둘이 조심스럽게 작품 뒤편으로 몸을 숨기는 거예요. 그 곡선 공간 있잖아요, 빛이 직접 안 닿는 곳."

코코는 고개를 끄덕였다. 그 공간을 잘 알고 있었다.

"처음에는 뭘 하는 건가 싶었는데, 그림자가 겹치더라고요. 그리고 잠시 후에... 진짜 입맞춤을 하는 거예요!"

"헉, 정말?"

"네! 소리는 전혀 안 났는데, 벽의 베임 사이로 뭔가 미세하게 흔들리는 게 느껴졌어요."

진진은 그때의 감정을 회상하며 말했다.

"처음에는 봐야 할까, 모른 척해야 할까 고민했어요. 그런데 그냥 조용히 고개를 돌렸어요. 감시할 장면이 아니라 지켜줘야 할 장면 같았거든요."

"그래서 어떻게 됐는데?"

"잠시 후에 조용히 나오더니 재빠르게 전시실 밖으로 나갔어요. 아무래도 저랑 눈이 살짝 마주쳐서 민망해서 그랬던 것 같아요."

코코는 웃으며 말했다.

"폰타나가 벽을 벤 이유가 혹시 그런 순간들을 위해서였을까?"

"맞아요! 저도 그 생각했어요. 예술이 만든 틈 사이로 스며든 일상의 사랑이야말로 가장 아름다운 설치 작품 같았어요."

진진은 그때의 장면이 얼마나 인상적이었는지 계속 이야기했다.

"그 장면을 보고 나니까, 우리가 지키는 건 단순히 작품만이 아니라 그런 특별한 순간들도 포함하는 거 같아요."

며칠 후, 2관은 또 다른 분위기로 변해 있었다. 매일 매일이 새로운 미술관. 관람객들에 따라 그날의 전시실 분위기가 달라지는 곳. 전시 공간이 넓기도 하고 전시실 안에 또 다른 공간들로 꾸며져 있어서 사람들이 우왕좌왕 관람 동선을 못 찾으며 묻고는 했다.

폰타나의 두 번째 대표작이 전시된 공간에서는 또 다양한 사람들의 모습을 볼 수 있었다. 핑크 네온이 만들어내는 몽환적인 분위기는 관람객들의 행동까지도 바꿔놓았다. 건축학도들조차 평소보다 더 천천히 움직였고, 미술 전공자들은 작품을 보며 무언가 다른 감정에 빠져드는 것 같았다.

그 날도 한 쌍의 부부가 들어왔다. 40대 초반쯤 되어 보이는 그들은 핑크 네온 불빛 아래서 묘하게 젊어 보였다.

"와, 이거 뭔가 영화 같지 않아?" 여자가 작은 목소리로 중얼거렸다.
"응, 약간 〈라라랜드〉 느낌?" 남자가 웃으며 대답했다.

100년 전 네온 사인으로 이런 작품을 만들다니 요즘은 흔히 볼 수 있지만 이때 어떻게 이런 발상으로 작품을 만들었을지 사람들은 핑크 네온 사인 공간에서 다양한 반응을 보였다.

"여기서 셀카 한 번 찍을까?" 여자가 장난스럽게 말했다.
"촬영 금지잖아." 남자가 웃으면서도 주위를 둘러봤다.
한 커플은 핑크 네온을 배경으로 몰래 셀카를 찍었고, 또 다른 관람객은 네온이 만든 그림자를 따라 바닥에 그림을 그리듯 움직였다. 코코는 이 모든 풍경을 지켜보며 미소를 지었다. 지키는 일이 단순한 감시가 아니라, 이런 다양한 순간들을 함께 나누는 일이라는 걸 알게 되었다. 아이들은 핑크 네온 아래서 무작정 드러누워 천장을 한참 들여다 보고 돌아가기도 했다. 어떤 아이는 들어서자 마자, 춤을 추듯 빙그레 한바퀴를 돌며 '어지럽다'고 소리치며 나가기도 했다.

 코코는 그런 사람들을 지켜보며 깨달았다. 그녀는 작품을 지키고 있었지만, 사실은 공간과 사람 사이의 거리를 지키고 있었다. 건축에 관심있는 사람들은 어떤 식인지, 미술 전공자들의 작품 감상은 어떤지, 연인들의 은밀한 로맨스, 또 핑크 네온 아래 펼쳐진 다양한 행동들. 이 모든 것이 미술관이라는 공간에서 벌어지는 일상의 예술이었다.

 진진이 들려준 로맨스 이야기를 들은 후, 코코는 핑크 네온 사인을 볼 때마다 입가에 미소가 번졌다. 그리고 혼자 웃었다. '미술관에서 이런 재미있는 일이 생기다니. 내일은 또 어떤 일이 펼쳐질까?'

 폰타나의 작품은 '찢긴' 것이 아니라 사람들이 조용히 숨어 사랑할 수 있는 공간이었고, 핑크 네온은 그 공간을 더욱 마법 같은 곳으로 만들어주었다. 예술이 만든 틈 사이로 스며든 일상의 순간들이야말로 가장 아름다운 설치 작품이 아닐까 싶었다.

평범한 오후였을까?

한바탕 우르르 사람들이 몰렸다가 빠져 나간 화이트 뮤지엄 2관은 다시 고요해졌다. 유리 창을 통해 스며드는 햇살이 만들어내는 빛의 패턴들이 천천히 움직이며, 마치 시간 자체가 예술 작품처럼 흘러가고 있었다.

코코는 오늘따라 화장실을 자주 가느라 예민해져 있었다. 게다가 새내기 전시 요원 미미의 첫 출근날이어서 더욱 신경이 쓰였다. 미미는 갓 스무 살이 된 풋풋한 아이로, 큰 눈망울을 반짝이며 모든 관람객을 마치 귀중한 손님처럼 대했다.
오후 2시 17분. 시계 바늘이 그 시각을 가리키는 순간, 무언가가 달라졌다.
"언니… 언니… 코코 언니…!"
미미의 목소리가 복도를 가로질러 날아왔다. 그 목소리에는 평소와 다른 작은 떨림이 섞여 있었다.

코코는 손을 닦던 수건을 서둘러 내려놓았다. "왜? 무슨 일이야?"

미미는 마치 비밀을 간직한 아이처럼 눈을 동그랗게 뜨고는 목소리를 한껏 낮췄다.

"방금… 방금… '준'이 다녀간 거 아니에요?"
"뭐라고?" 코코의 눈썹이 치켜 올라갔다.
"그 방금 나간 두 명 말하는 거야? 키 큰 남자 둘? 까만 옷에 마스크 쓰고 있던?"
"맞아요! 키가 완전 크고, 한 명은 모자까지 푹 눌러썼는데, 걸음걸이가 딱 '준'이 같았어요! 그 여유로운 느낌!"

그 순간 코코의 머릿속에 아까 화장실 다녀오면서 계단을 오를 때 앞에 가던 두 청년들을 떠올렸다. 조각들이 하나씩 맞춰지기 시작했다. 화장실로 가던 길에 스친 그 두 사람. 한 명은 유난히 넓은 어깨를 가지고 있었고, 다른 한 명은 계단을 올라

오다가 자신과 눈이 마주쳤을 때의 그 깊은 눈빛.

"그러고 보니…" 코코가 천천히 말했다.
"그 시간 전시실이 엄청 조용했고, 이상하게 그때 큐레이터가 들어왔다가 그 두 남자에게 인사를 건넸거든. 그래서 그냥 큐레이터가 아는 분이 구나 했는데….?"
"진짜요? 그럼 스치듯 얼굴 본 거내요. 그리고 그 'B그룹'은 개인 사생활 활동 시에는 사진을 안 찍는게 팬들의 특징이라서..제가 덕질을 좀 해서 잘 아는데…그래서도 함부로 사진 안 찍었어요!"

미미의 목소리가 점점 확신에 찼다. "군 휴가 중에 미술관 놀러왔나 봐요."하며 모르는게 없는 듯 아주 자연스럽게 말을 했다. 아주 평범한 날의 전시실 안이 었는데 갑자기 그 얘기를 들으니 하필 그때 또 전시실에 사람이 없었던게 떠오르며 일부러 시간을 피해서 온건가 하는 생각이 들기까지 했다. 마치 일부러 짜논 것 같이 말이다. 전시요원으로 일하면서 보는 유명인들을 보며 코코는 이 일이 이리 또 재밌다니 하며 갑자기 텐션이 업되었다.

그날 저녁 8시 12분. 운명의 시간이었다. 미미가 인스타그램을 보다가 거의 비명을 지를 뻔한 목소리로 외치며, 카톡을 보내왔다.

"코코 언니! 대박! 화이트 뮤지엄이 '준'의 인스타 스토리에 나왔어요!"

두 사람은 급하게 인스타를 검색하여 '어머 대박 대박이야' 하며 진짜 왔다 갔네. 이 날 그래 이 옷 입고 왔어.'하며 흥분의 도가니가 되었다. 미술관 주차장에서 사진을 찍은 모습이 마스크를 쓰고 있었지만 연예인 필이 많이 났던 그가 진짜 '준'이 맞았던 것이다.

"이거… 진짜였구나." 코코가 작게 중얼거렸다. 미미와의 카톡을 신나게 주고 받고 흐뭇한 미소를 지으며 잠을 청했다.

다음 날, 화이트 뮤지엄은 마치 마법에 걸린 듯 들썩였다.

"어제 본 사람 있어?" "그 두 분… 맞는 거죠? 와, 진짜 몰랐네."

"나… 그분 바로 뒤에서 줄 섰는데…"

"어제 전시실이 왠지 더워서 그런가 했는데, 지금 생각해 보니까 다른 이유가 있었네요."

전시 요원들은 물론, 청소 아주머니부터 보안요원까지 모두가 어제의 기억을 되짚어보며 흥분했다. 코코는 혼잣말로 중얼거렸다. "모두가 봤는데, 그 누구도 눈치채지 못했네. 미미빼고는."

그날, 전시실은 어쩐지 더 밝아 보였고, 사람들의 웃음소리는 한 톤 더 높았다. 관람객들도 어제보다 더 오래 머물렀고, 더 자세히 작품들을 들여다봤다. 핑크 네온이 말없이 빛나던 그 전시실 구석은 이제 꿈같은 순간이 살짝 닿았던 특별한 자리가 되었다. '준'이가 다녀간 미술관이라 더 없이 이곳에서의 일이 흥미진진해졌다.

며칠이 지나고, 흥분이 가라앉은 후에도 그 이야기는 미술관 곳곳에서 전설처럼 회자되었다. 미미는 이제 더 이상 신입이 아니었다. 그날의 경험은 그녀를 한층 성숙하게 만들었고, 관람객들을 바라보는 눈빛에도 새로운 깊이가 생겼다.

코코는 가끔 창밖을 보며 생각했다. 예술과 일상, 유명함과 평범함 사이의 경계가 얼마나 희미한지를. 그리고 때로는 가장 특별한 순간들이 가장 평범한 모습으로 우리 곁을 스쳐 지나간다는 것을.

창 너머의 퍼포먼스

1층 로비 앞이 어수선했다. 이 날은 평소보다 유독 관람객이 많았을 뿐만 아니라, 로비에 모인 사람들의 분위기 자체가 달랐다. 그들은 단순히 서 있는 것이 아니라 모여 있는 느낌이었다. 서로를 붙잡고, 웅성거리고, 카메라를 꺼내며, 숨을 들이쉬는 공기조차 평소와 달랐다.

코코는 2관 입구 앞, 늘 서 있던 자리에서 1층을 내려다봤다. 유리 난간 너머로 로비가 훤히 보였는데, 그 틈으로 뭔가 기묘한 움직임이 포착되었다. 처음에는 그냥 사람들이 많이 몰린 줄로만 알았다. 하지만 조금 더 자세히 들여다보니, 그 중심에 무언가 다른 존재가 있었다.

거대한 옷감이었다. 붉고 금빛이 도는 벨벳 재질의 천이 사람 한 명의 몸 전체를 감싸고 있었다. 머리부터 발끝까지 완전히. 눈도, 입도, 심지어 손가락 하나도 보이지 않았다. 그것은 사람이라기보다는 움직이는 하나의 덩어리, 혹은 살아있는 조각품 같았다.

그는 천천히, 매우 천천히 한 걸음씩 움직이며 로비 안쪽 관람객들 사이를 가로질렀다. 목적지가 있는 것도 아니었다. 그냥 걸을 뿐이었다. 때로는 한 자리에 멈춰 서기도 하고, 때로는 특정한 관람객에게 천천히 다가가기도 했다.

"…저게 뭐지?"

코코는 손등으로 눈을 비볐다. 혹시 자신이 잘못 본 건 아닐까 싶어서였다. 하지만 분명했다. 아래쪽 사람들은 모두 그 존재를 바라보고 있었고, 사진도 찍고 있었다. 그런데 이상했다. 보통 신기한 것을 보면 웃거나 떠들거나 하는데, 아무도 웃지 않았다. 오히려 숨을 참고 조심스럽게 지켜보는 분위기였다.

더 이상한 것은 그 정체불명의 행위예술가가 완전히 말이 없다는 점이었다. 손짓도, 몸짓도, 어떤 표현도 하지 않았다. 그저 걸을 뿐 그것도 아주 천천히 한발 한발 움직이는데 무슨 몇 십분 씩 걸리는 걸음걸이였다. 하지만 묘하게도 그 침묵이 오히려 더 강렬했다. 마치 공간 전체가 하나의 거대한 언어가 되는 듯했다.

행위예술가가 어떤 관람객에게 다가가면, 그 사람은 자연스럽게 뒤로 물러났다. 부모들은 아이의 손을 꼭 잡았고, 몇몇은 휴대폰을 꺼내 영상을 찍기 시작했다. 어떤 사람은 아예 고개를 돌려 모른 척했다. 하지만 신기하게도 아무도 그 자리를 완전히 떠나지는 않았다. 모두가 어떤 자석에 이끌리듯 그 장면을 지켜보고 있었다.

코코의 머릿속에는 수많은 생각들이 동시에 스쳐갔다. '이건 무슨 뜻이지?' '왜 저렇게까지 해야 하지?' '이게 예술일까?' '사람들은 왜 저렇게 조용한 거지?' '이 행위 예술이 이해가 되나?'

코코는 1층에서 행위 예술가의 퍼포먼스가 한창일때도 여전히 2관을 찾은 관람객들을 살피며 본인의 임무에 충실했다.

전시가 끝난 뒤, 지하 휴게실에서 늦은 점심을 먹으며 1층에서 근무했던 진진이 먼저 입을 열었다.

"아까 그 퍼포먼스 봤어? 어땠어?"

코코는 미간을 찌푸리며 고개를 저었다. "그냥... 이상했어. 솔직히 뭘 말하려고 하는지 도저히 감을 못 잡겠던데. 뭔가 답답하기도 하고. 도대체 뭘 하려는 건지 잘 모르겠더라."

진진은 미소를 지으며 도시락을 펼쳤다.

"알겠어, 그런 반응 당연해. 나도 처음엔 그랬거든. 그런데 아까 큐레이터한테 들었는데, 그거 '몸이라는 언어는 사회와 공간에 종속될 수밖에 없다'는 주제로 만든 퍼포먼스래."

"무슨 뜻이야, 그게?"
"작가가 말도 안 하고, 얼굴도 보이지 않게 가린 이유가 있어. '나'라는 개인성을 완전히 지운 채로 공간 안에서 사람들의 순수한 반응만 기록하려는 거였대. 그러니까 우리가 정체를 모르는 존재, 낯선 존재를 만났을 때 어떻게 행동하는지를 실험하는 거지."

코코는 젓가락을 든 채로 멈춰 섰다.

"그래서... 말이 없었구나."
"맞아." 진진이 고개를 끄덕이며 이어서 말했다.
"그 사람, 정말 그냥 걷기만 했잖아. 그런데 사람들이 스스로 거리를 두고, 아이를 안으로 숨기고, 혹은 사진을 찍고, 어떤 사람은 아예 모른 척하더라. 심지어 너처럼 위에서 내려다보는 사람도 있고. 그 모든 반응들이 다 작품의 일부였던 거야."

"그러면..." 코코가 천천히 말했다. "내가 어리둥절 이해 안되고 이상하다고 느꼈던 것도..."
"그것도 작품의 일부지. 작가가 정확히 의도한 반응이야. 우리가 알 수 없는 것, 이해할 수 없는 것 앞에서 어떤 감정을 느끼는지, 어떻게 행동하는지를 보여주는 거니까."

"그럼 저 행위예술가는... 우리의 반응을 보기 위한 거울 같은 역할을 한 거네?"
"정확해. 그리고 더 흥미로운 건, 그 사람 자신도 그 과정에서 무언가를 느꼈을 거라는 점이야. 사람들의 시선을, 거리감을, 호기심을, 두려움을 온몸으로 받아들이면서 말이야." 식사를 하며 나누었던 이야기를 뒤로 하고 다시 근무를 하러 전시실 앞에 섰다.

그날 밤, 코코는 전시장 복도를 천천히 돌며 혼잣말을 했다.
"내가 본 건 단순히 이상한 행동이 아니라, 사람들이 예술 앞에서, 낯선 것 앞에서 어떻게 반응하는지를 담은 살아있는 행위 예술이었구나."

퍼포먼스는 끝났지만, 그 잔상은 전시보다 훨씬 오래 남았다. 유리 난간 너머로 내려다본 그 붉은 덩어리, 사람들의 조심스러운 움직임, 자신이 느꼈던 복잡하고 설명하기 어려운 감정들.

코코는 그날 밤 처음으로 깨달았다. 예술이란 항상 아름답고 이해하기 쉬운 것만은 아니라는 것을. 때로는 불편함을, 때로는 혼란을, 때로는 두려움을 주면서도 그것이 우리 마음속에 뭔가 중요한 것을 남긴다는 것을. '이해할 수 없음'도 충분히 예술이 될 수 있다는 걸, 코코는 그날 조금은 인정하게 되었다.

수장고

코코가 화이트에서 일한 지 어느덧 3개월이 흘렀다. 조금은 익숙해진 동선, 덜 어색해진 제복, 그리고 여전히 포켓에 넣어

다니는 작은 메모장. 전시실을 돌며 관람객들의 표정을 읽고, 안내 팻말을 바로 세우는 일이 그녀의 하루가 되어가고 있었다.

그날 아침, 화이트의 팀장으로부터 갑작스러운 호출을 받았다.

"코코 씨, 수장고까지 내려갈 수 있겠어요?"

팀장은 말끝을 흐리며 단단히 당부했다.

"절대... 혼자 문을 열지 마세요. 문은 자동잠금이고, 안쪽엔 CCTV도 없어요. 기록용 라벨링만 확인하고 바로 올라오면 됩니다."

수 장 고

화이트 직원들 사이에서도 '아무나 가 볼수 없는 곳'이라 불리는 그곳은, 아직 전시되지 않은 작품들과 공개되지 않은 기획들이 모여 있는 공간이었다. 엘즈미어 섬의 단단한 암반을 파내 만든 지하층. 화이트의 심장처럼 보관된 예술들의 고요한 쉼터.

계단을 따라 지하로 내려가는 동안, 코코는 바깥과 완전히 단절되는 기분을 느꼈다. 두꺼운 방화문을 지나자, 차가운 공기와 은은한 라벤더 향이 코끝을 스쳤다. 습도 조절기들이 일정한 소리로 돌아가고 있었고, 조명은 아주 낮고 조심스럽게 켜져 있었다.

그곳엔 프레임에 아직 걸리지 않은 그림들이 많았다. 작가의 이름이 적힌 라벨이 붙어 있었지만, 전시관에서는 한 번도 본 적 없는 작품들이었다. 아직 '선택받지 않은 예술'. 아직 '세상과 눈 맞추지 않은 것들'. 또 여기 저기 아직 채 풀지 않은 작품들까지 세관을 통해 들어온 모습 그대로 켜켜이 쌓여 있기도 했다.

코코는 한 점의 드로잉 앞에서 발을 멈췄다. 구겨진 듯한 종이 위에, 단 하나의 선으로 그린 듯한 얼굴. 눈을 감고 있었고, 입꼬리는 아주 약하게 올라가 있었다. 그 아래엔 작가명도, 제목도 없이 단 한 문장만이 적혀 있었다.

"내가 처음 꿈을 꾼 날의 표정."

코코는 한참 동안 그 앞에 서 있었다. 그림을 본다기보다, 그림에 들여다보인다는 기분. 차가운 바닥도, 무거운 공기조차 느껴지지 않을 정도로 몰입한 순간이었다.

그때였다. 조용한 수장고의 공기를 가르며, 누군가의 발소리가 들렸다. 코코는 깜짝 놀라 뒤를 돌아봤지만, 아무도 없었다. 기분 탓일까? 아니면 수장고엔 정말 누가 있었던 걸까?

급히 메모를 남기고 계단을 올라오며, 코코는 자신이 이제 단순한 전시 요원이 아니라, 이 건물 안에서 숨 쉬는 예술들의 목격자가 되어버렸다는 걸 알았다. 그날 밤, 그녀의 관찰일지엔 이런 문장이 남겨졌다.
"수장고. 아무나 들어갈 수 없지만, 들어갔다 온 이상 이런 어마어마한 공간이 미술관 지하에 있다는 사실이 그저 놀라울 뿐이었다. 색다른 경험을 한 날로 오래 기억에 남을 것이다." 분명 문이 살짝 열린 듯 했는데…그건 별 거 아니겠지? 하며 대수롭지 않게 생각하고 잠을 청했다.

전시의 끝, 균열의 시작

봄에서 여름으로 넘어가는 무렵, 화이트 뮤지엄의 첫 전시가 막바지에 접어들었다. 폰타나의 날카로운 선과 핑크빛 네온, 그리고 행위예술가의 퍼포먼스 아트까지—그 어느 때보다 많은 관람객들이 몰려들었고, 언론에서는 연일 '세계적 개관'이라며 찬사를 보냈다.

하지만 화려한 조명 뒤에서 전시 요원들의 대화는 점점 작고 예민해져 갔다.

"언니, 우리 시급이 얼마로 책정된 거예요?"

목요일 오후, 교대 15분 전 미미가 코코에게 던진 질문이었다.

"기본 시급이라던데. 왜?"

"주휴수당 계산이 안 들어간 것 같아요. 그리고 5시간 넘게 서 있는데 휴게 시간 기록도 없고... 실수인가 싶어서 어제 진진 언니랑 계약서를 다시 봤어요."

코코는 말없이 입술을 눌렀다. 생각해보니 입사 초기에 '계약서'라는 건 구두 설명만 들었고, 이메일 한 통으로 모든 게 끝났었다.

며칠 뒤 조용한 점심시간, 복도 끝에 앉아 있던 진진이 조심스럽게 입을 열었다.

"나, 어제 노동청에 전화했어."

"...정말?"

"그냥 궁금해서. 이게 정말 정상인가 하고. 그랬더니... 수당 누락, 계약상 문제들이 확실히 있는 거래."

그 말을 듣고 있던 몇몇 요원들이 조용히 고개를 끄덕였다. 모두 알고 있었지만, 누군가는 먼저 입을 열어야 했다.

그때 승이가 작은 목소리로 말했다.

"나도 이상하다고 생각했어. 다른 미술관에서 일한 친구들이랑 비교해보니까 너무 다르더라고. 초과 근무 수당도 없고, 휴게 시간도 제대로 안 주고..."

다음 날 아침, 승이가 출근하지 않았다. 평소 누구보다 일찍 와서 전시실을 점검하던 승이였기에 모두가 이상하게 여겼다. 점심시간이 되어서야 진진이 조용히 말했다.

"승이가 어제 관리사무소에 급여 문제를 정식으로 제기했대. 그랬더니... 더 이상 근무하지 않아도 된다고 하더래."

그 말에 휴게실의 공기가 차갑게 식었다. 모두가 알아차렸다. 승이의 부재가 무엇을 의미하는지를.

코코는 조용히 2층 통로 창문을 바라봤다. 햇빛은 여전히 환했고, 관람객들도 여전히 많았다. 하지만 그날부터 전시 요원들 사이의 분위기는 미세하게 기울어진 유리창처럼 조용히 흔들리기 시작했다.

화이트 미술관 전시요원들의 이야기

4월 중순이 되자 화이트 미술관은 새로운 전시를 준비하기 시작했다. 2월부터 4월까지는 루치오 폰타나전이, 5월부터 8월까지는 아그네스 마틴전이 예정되어 있었다. 하지만 4월 말 루치오 폰타나전이 끝나고 5월 아그네스 마틴전이 시작되기까지, 갑작스럽게 3주간의 공백이 생겼다.

전시요원들은 어리둥절했다. 평소 빡빡한 일정에 익숙해져 있던 그들에게 갑작스러운 공백은 당황스러웠다.

그날 오후, 단체 채팅방이 조용히 요동쳤다. 누군가는 계약서를 다시 읽고 있었고, 누군가는 근무시간을 엑셀로 정리하고 있었다. 미미는 "혹시 내가 놓친 게 있나?" 하며 인사팀에 문의 메일을 보냈지만, 답장은 오지 않았다.

저녁이 되자 사람들은 자연스럽게 지하 매점 뒤편 테라스로 모였다. 누군가 편의점에서 캔맥주를 사왔고, 작은 원형 테이블 위에 놓인 맥주 하나가 일곱 사람의 마음을 달래야 했다.

"우리 이대로... 3주 쉬는 거야?" 진진이 먼저 말을 꺼냈다. 목소리에는 체념이 섞여 있었다.
"계속 일 하실꺼에요?"
"급여체계가 참....."

누군가 한마디 내뱉었다. 코코는 그 순간을 오래 기억할 것 같았다. 여름밤 테라스의 미지근한 바람, 멀리서 들려오는 자동차 소음, 그리고 동료들의 조용한 한숨 소리들.

석이 팀장은 더 이상 모습을 드러내지 않았다. 다음 날 오전, 채팅방에 올라온 것은 단 한 줄의 공지였다.

"이 건은 본사에서 정리할 예정입니다."

그게 전부였다. 함께 고민하고 문제를 해결해 왔던 팀장의 마지막 메시지가 그토록 건조하고 무책임할 줄은 몰랐다. 사람들의 마음은 더욱 무너졌다.

미미는 "정리한다는 게 뭘까요?"라고 물었지만, 아무도 답할 수 없었다. 그때 승이가 불만을 제기했다. 승이는 평일에 근무하는 남자 전시 요원이었다.
"우리 이렇게 당하고만 있을 거야? 부당한 대우를 받고 있는데...제대로 알아봐야 하지 않아?"
승이는 평소 조용한 성격이었지만, 그날은 달랐다. 목소리에

떨림이 있었지만 단호했다. 채팅방에 급여 계산서를 올리고, 근로기준법 조항들을 찾아서 공유했다.

"노동청에 고발하는 것도 고려해봐야겠어. 이건 명백한 임금 체불이야."

그러나 승이의 용기는 오래가지 못했다. 불만을 제기한 다음 날부터 승이는 미술관에 나오지 않았다. 갑작스럽게 해고 통지를 받은 것이다.

채팅방에는 HR팀에서 온 차가운 메시지만 남아 있었다.

"승이님의 계약이 조기 종료되었습니다. 개인 사정으로 인한 자진 퇴사 처리됩니다."

하지만 모든 사람이 알고 있었다. 승이는 자진 퇴사한 것이 아니라 해고된 것이라는 걸. 임금 관련하여 정당한 목소리를 낸 사람이 이런 식으로 쫓겨나는 현실 앞에서, 남은 사람들은 더욱 위축될 수밖에 없었다.

"승이가 우리를 위해 나서줬는데..." 진진이 중얼거렸다.

승이는 그들 중 누구보다 임금 문제를 심각하게 받아들이고,

정당한 댓가를 받을 수 있는 방법을 찾아주려 했던 사람이었다. 그런 승이가 떠난 후 미술관은 더욱 조용해졌다.

코코는 집으로 돌아가는 버스 안에서 창밖을 바라보며 생각했다. 도시의 네온사인들이 흘러가고, 저녁 시간 거리는 활기로 가득했다. 하지만 그 모든 일상적인 풍경이 낯설게 느껴졌다.
버스가 신호등에 멈춰 설 때, 코코는 핸드폰을 꺼내 메모장에 적었다.

"나를 소중히 여기지 않는 곳에 내 시간을 맡겨선 안 된다는 걸 난, 예술 안에서 배웠다."
역설적이었다. 예술을 사랑하는 마음으로 시작한 일에서, 자신의 존재 가치를 제대로 인정받지 못한다는 현실을 마주하게 된 것이. 하지만 동시에 그 경험을 통해 자신이 얼마나 소중한 존재인지도 깨달았다.
그동안 그들은 수많은 관람객들에게 작품을 소개했다. 폰타나의 캔버스에 그어진 선의 의미를, 네온 아트가 전하는 현대적 메시지를, 퍼포먼스 속에 담긴 작가의 철학을 열정적으로 설명했다. 그들의 해설이 없었다면 많은 사람들이 그 작품들의 진정한 가치를 알아보기 어려웠을 것이다. 그런데 정작 그들 자신의 노동의 가치는 누구도 인정해주지 않았다.

버스가 종점에 도착했을 때, 코코는 또 다른 진실을 깨달았다. 이 일이 끝나더라도, 어딘가에는 여전히 자신들과 같은 상황에 놓인 사람들이 있을 거라는 것을. 문화예술 현장에서, '좋아하는 일'이라는 이름으로 정당한 대우를 받지 못하는 수많은 이들이.

그날 밤 코코는 오랫동안 잠들지 못했다. 그간의 시간이 헛되지 않았다고, 그 시간 동안 자신이 성장했다고 스스로를 위로하려 했지만, 동시에 화가 났다. 하지만 분명한 것은, 이제 그들도 목소리를 낼 줄 아는 사람들이 되었다는 것이었다. 그저 '기회를 얻었다'고 감사해했던 그들이, 이제는 자신들의 권리와 가치를 명확히 알게 된 것이다.

그것만으로도 충분히 의미 있는 변화였다.

당신, 여기 놀러 올래요?
2

〈아그네스 마틴, 오마주, 챗gpt그림〉

엘즈미어섬, 2024년
봄, 5월

고요는 생각보다 무겁다

어느덧 3주 후 5월이 시작되었다. 불볕더위가 기승을 부리기 시작했고, 미술관 외벽은 햇빛에 반사되어 하얗게 빛났다. 전시관 앞 복도는 에어컨 바람 아래에서도 눈부심과 뜨거움을 피하기란 쉽지 않았다. 쏟아지는 햇살이 바닥에 사각형을 그리며 흘러들어왔다.

코코는 이번 전시에서 비로소 편안한 신발을 신고 일할 수 있다는 것에 안도감을 느꼈다. 폰타나 전시 때는 작품 보호를 위해 덧신을 신어야 했다. 그 미끄러운 덧신 때문에 하루 종일 발 끝에 힘을 주고 조심스럽게 걸어야 했고, 퇴근할 때면 종아리가 뻣뻣해지곤 했다. 하지만 이번 아그네스 마틴 전시는 달랐다. 평소 신던 편안한 운동화를 신고 자연스럽게 움직일 수 있었다. 이 작은 변화가 코코에게는 묘한 해방감을 주었다.

전시 공간이 완전히 바뀌었다. 폰타나의 공간이 '찌르고 뚫는' 공간이었다면, 아그네스 마틴의 전시장은 '침묵과 기다림'의 공간이었다.

하얀 캔버스에 미색의 수채와 파스텔 느낌의 그림들이 주를 이루었다. 폭에 따라 작품이 다르게 표현되어 있었고 그 간격들이 규칙적인 반복을 만들어냈다. 관람객들의 발걸음도 달라졌다. 폰타나 전시 때의 빠른 걸음과 탄성 대신, 이곳에서는 모든 것이 천천히 움직였다. 사람들은 작품 앞에서 더 오래 머물렀고, 동시에 더 조용해졌다.

코코는 이 공간에서 일하는 것이 완전히 다른 경험이라는 걸 깨달았다. 여기서는 설명보다 침묵이, 대답보다 질문이 더 많았다. 학생 단체 관람이 온 날이었다. 스무 명 정도의 중학생들이 왁자지껄하며 들어왔지만, 작품을 보는 순간 자연스럽게 목소리가 작아졌다.
가장 큰 작품 앞에서 한 아이가 한참을 바라보더니 중얼거렸다.

"이건 그냥, 아무것도 없는데요?"

그 말을 들은 코코는 이해할 수 있다는 제스처와 함께 조용히 미소를 띄었다.

코코는 처음 화이트 미술관에 왔을 때 모든 것이 명확하고 확실해 보였다. 예술 작품에는 분명한 메시지가 있고, 자신은 그것을 전달하는 사람이라고 생각했다. 하지만 아그네스 마틴의 작품은 조용하고 차분한 여자의 이미지를 느낄 수 있었다. 가까이 다가가면 더 희미해지는 듯, 멀리서 보면 전체적인 색이 살아 나는 듯 했다. 처음에는 '롤 블라인드에서 많이 보던' 것처럼 보였던 작품이, 시간이 지나면서 수많은 것들을 품고 있다는 걸 알았다.

"선생님, 도대체 무슨 의미인지 모르겠어요. 무슨 뜻일까요?"

다른 아이가 물었다. 코코는 잠시 망설이다가 새로운 대답을

했다.

"예술 작품은 단번에 확 알아차리기 좀 어렵지요. 그냥 보고 느끼는 것 자체가 내가 느낀 감상이 되는 거에요. 천천히 더 있어 보세요."

놀랍게도 몇몇 아이들이 정말로 작품 앞에 가만히 서 있었다. 그리고 그들의 표정이 조금씩 변하기 시작했다.

"뭔가... 차분해져요."

그날 오후, 관람객이 거의 없는 시간에 코코는 혼자 전시장을 걸어다녔다. 에어컨 소리와 멀리서 들려오는 발걸음 소리 외에는 아무것도 들리지 않았다. 아그네스 마틴의 작품들이 만들어내는 고요는 단순한 정적이 아니었다. 그것은 무언가를 품고 있는 고요였다. 마치 깊은 호수의 표면처럼, 고요한 듯 보이지만 그 아래로는 수많은 것들이 움직이고 있는 그런 고요.

코코는 자신의 지난 시간들을 떠올렸다. 처음의 설렘, 중간의 혼란과 분노, 그리고 지금의 이상한 평온함. 마치 아그네스 마틴의 연필선처럼, 처음에는 거의 보이지 않았던 것들이 시간이 지나면서 선명해지고 있었다.
"이 작품들은 침묵을 그린 거예요."
다음 관람객 그룹에게 코코는 다른 방식으로 말했다.

"침묵이라고 해서 아무것도 없는 게 아니에요. 침묵 속에는 우리가 평소에 놓치고 지나가는 많은 것들이 들어있어요."

관람객들이 고개를 끄덕였다. 몇 명은 작품 앞에서 더 오래 머물렀고, 누군가는 다른 작품과 비교하며 조용히 대화를 나누었다.
코코는 깨달았다. 자신도 이제 다른 언어를 배우고 있다는 것을. 즉각적인 반응이나 화려한 설명이 아니라, 기다림과 침묵이 가진 힘에 대한 언어를.

창밖으로 5월의 강한 햇살이 쏟아져 들어왔다. 하지만 전시장 안은 여전히 고요했다. 아그네스 마틴의 하얀 캔버스들이 그 빛을 부드럽게 받아들이며, 연필 선들을 더욱 은은하게 드러내고 있었다.

전시장을 가득 채운 하얀 캔버스들 사이를 걸으며, 코코는 조용히 미소 지었다. 아무것도 없어 보이는 이 공간에서, 그녀는 이제 수많은 것들을 볼 수 있게 되었다.

서울, 2004년
코코, 스물 넷

며칠 후, 코코는 평소처럼 143번 버스를 탔다. 반포대교를 건널 때 한강을 보는 게 요즘 작은 낙이었다. 물이 흐르는 걸 보고 있으면 마음이 차분해졌다. 그런데 오늘은 법원 사거리에서 버스가 멈춰 섰다. 또 시위 때문이었다. 버스 안 사람들이 웅성거리기 시작했다. 누군가 라디오를 틀어서 뉴스를 들었다.

코코는 창밖을 보았다. 한강이 여전히 흐르고 있었다. 그런데 오늘은 그 물결이 시간 같아 보였다. 과거에서 현재로, 현재에서 미래로 흘러가는 시간 말이다. 그때 창문에 비친 자신의 얼굴을 보고 깜짝 놀랐다. 거기에 또 다른 코코가 있었다. 더 어려 보이는, 다섯 살쯤 되어 보이는 코코가. "언니, 나를 기억하고 있죠?" 그 아이가 말했다. 목소리가 또렷했다. "누구야?" 코코는 작게 중얼거렸다. 그 순간 머릿속에 어떤 장면이 떠올랐다. 아빠가 웃으며 자신을 안아 주는 모습.

따뜻한 겨울날 오후의 기억. "아빠..." 코코는 숨을 멈췄다. 그제야 알 것 같았다. 그 아이가 누구인지. 교통이 풀리고 버스가 다시 움직이기 시작했다. 창문 속 어린 코코는 점점 흐려져 갔다. 하지만 마지막에 그 아이가 미소를 지었다. "언니, 아빠 이야기를 들려주세요." KBS에 도착한 코코는 평소처럼 일을 했다. 하지만 마음 한구석에는 계속 그리움이 자리하고 있었다. 점심시간에 옥상에 올라갔다. 여의도가 한눈에 내려다보였다.

국회의사당도, 한강도, 멀리 서울 시내도 다 보였다. 평범한 풍경이었지만 오늘은 뭔가 특별해 보였다. 코코는 주머니에서 종이비행기를 꺼냈다. 바람이 불어와 살짝 흔들렸다. 그 순간 결심했다. 아빠와의 추억을 되짚어봐야겠다고. "아빠, 보고 싶어요." 코코는 종이비행기를 허공에 날렸다. 그게 바람을 타고 한강 쪽으로 날아갔다.

엘즈미어섬, 2024년 여름

영상 속의 아그네스

　머리를 짧게 자른 노년의 여성이 화면에 나타났다. 주름진 손이 자와 연필을 들고, 하얀 캔버스 위에 천천히 선을 그어 나갔다. 한 줄, 또 한 줄. 몇 시간이고 아무 말 없이 줄을 긋는 손의 움직임이 계속되었다.

　그 손의 움직임에는 서두름이 없었다. 마치 시간이 멈춘 것처럼, 아니면 시간이 다른 속도로 흘러가는 것처럼 보였다. 연필 끝에서 나오는 가느다란 선들이 하나씩 쌓여가면서, 화면을 보고 있는 사람들도 자연스럽게 그 리듬에 몸을 맡겼다.

　방문객들은 대부분 조용히 의자에 앉아 그 화면을 바라보다가, 천천히 고개를 끄덕이곤 나갔다. 어떤 이는 처음에는 지루해하는 듯했지만, 시간이 지나면서 점점 집중하게 되었다. 어떤 이는 처음부터 끝까지 움직이지 않고 앉아 있었다.

전시 요원 아현이 그 영상을 보며 조용히 말했다.
"왜 이렇게 눈물이 나지? 정말 아무것도 없는데... 너무 많은 걸 말하는 느낌이야." 그녀의 목소리에는 당혹감과 감동이 뒤섞여 있었다. 화려한 색채도, 극적인 장면도. 그런데도 무언가가 깊숙이 전해져 왔다.

코코는 말없이 고개를 끄덕였다. 그녀도 같은 감정을 느끼고 있었다. 화면 속 아그네스 마틴의 모습이 묘하게 익숙했다. 그 고독한 집중, 그 인내의 시간들이.
"아무것도 그리지 않기 위해 하루 종일 앉아 있어야 했던 시간. 그 시간이 나를 닮았다는 걸 이제야 알 것 같아서."
코코의 말에는 깊은 이해가 담겨 있었다. 지난 몇 달간 자신이 겪었던 시간들, 기다림과 인내의 시간들이 화면 속 작가의 시간과 겹쳐 보였다.

영상은 계속해서 단조로운 장면들을 보여주었다. 캔버스를 세워놓고 작업하는 모습, 붓으로 한땀 한땀 덧대어 칠하는 세밀한 손놀림. 화면 속 아그네스 마틴은 이제 할머니가 되었지만, 그 집중력만큼은 여전했다. 주름진 손이 붓을 들고 조심스럽게 색을 올리는 모습이 마치 자수를 놓는 것 같았다.

특히 인상적인 장면이 있었다. 요양원에서도 그녀는 끝까지 붓을 내려놓지 않았다. 침대 곁에 작은 이젤을 두고, 몸이 불편해도 계속 그림을 그리는 모습. 그 모습에서 예술에 대한 진정한 헌신이 무엇인지 느낄 수 있었다.

아그네스 마틴은 인터뷰에서 말했다. "나는 행복을 그리고 있어요. 행복은 아무것도 없는 상태가 아니라, 모든 것이 완전한 상태예요." 그 말이 자막으로 흘러나갈 때, 세미나실의 공기가 한층 더 조용해졌다.

영상이 끝나고 조명이 다시 켜졌을 때, 세미나실에 있던 사람들은 잠시 아무 말도 하지 않았다. 마치 꿈에서 깨어난 것처럼, 현실로 돌아오는 데 시간이 필요한 것 같았다.

아현이 먼저 마침 관람을 마치고 복도로 나왔다.

"요양원에서도 붓을 놓지 않고 끝까지 그림을 그리다니... 힘들지 않을까요?"

"외로움도 힘듦도 이겨내고 끝까지 해내는 모습이 진짜 인상적이야." 코코가 대답했다.

화면 속 아그네스 마틴은 분명 혼자였다. 하지만 외로워 보이지 않았다. 오히려 자신과 완전히 하나가 된, 완전한 상태로 보였다. 요양원에서도 그림을 그리던 그 마지막 모습이 그것을 말해주었다.

사람들이 하나둘 세미나실을 나가면서도, 그 영상의 여운은 오래 남아있었다. 코코도 전시장으로 돌아가면서 계속 생각했다. 코코는 아그네스 마틴의 작품들을 다시 바라봤다. 이제 그 연필선들이 다르게 보였다. 그것들은 단순한 선이 아니라, 수많은 시간과 인내가 쌓여서 만들어진 것들이었다. 작업실의 침묵과 캔버스 앞에서 보낸 수십 년의 시간, 그리고 요양원에서도 포기하지 않았던 그 마지막 순간들까지. 모든 것이 그 선 안에 들어있었다.

그리고 자신의 시간들도 그렇게 의미 있는 것이 될 수 있다는 희망을 느꼈다.

M 유튜버를 보다

전시의 마지막 주였다. 코코는 평소처럼 조용한 미술관에서 작품들과 함께 시간을 보내고 있었다. 오후의 햇살이 창문을 통해 스며들어 캔버스 위의 색채들을 더욱 선명하게 만들어주는 그런 평범한 날이었다.

그때 한 무리의 중년 여성들이 전시장에 들어섰다. 그들의 발걸음은 차분했고, 대화 소리는 작품에 대한 진지한 관심으로 가득했다. 코코는 별다른 주의를 기울이지 않고 있었는데, 그 중 한 사람이 유독 눈에 띄었다.

쇼커트에 시그니처 안경과 눈썹 그리고 짙은 색 립스틱을 바른 그녀. 그녀의 시선은 깊었고, 작품을 바라보는 자세에서는 단순한 관람객이 아닌 무언가 더 깊은 이해를 가진 사람의 모습이 느껴졌다.

"어머. 유튜버 M이다!"

코코는 입장할 때부터 범상치 않던 그녀를 한 번에 알아보았다. 그 순간 코코의 심장이 빠르게 뛰기 시작했다. 밀라노 할머니. 패션과 삶의 태도로 주목받는 70대의 이탈리아 여성 인플루언서였다. 그녀의 유튜브 채널을 통해 보여주는 우아하고 자유로운 삶의 모습은 전 세계 많은 사람들에게 영감을 주고 있었다.

코코는 믿을 수 없었다. 화면 속에서만 보던 그 사람이 바로 여기, 같은 공간에 있다는 것이. 흥분을 억누르려 했지만 마음은 이미 들떠 있었다. 그녀는 조용히 작품을 감상했다.

그녀의 움직임 하나하나가 마치 예술 작품 같았다. 작품을 감상하는 그녀의 모습 자체가 또 다른 퍼포먼스처럼 느껴졌다. 코코는 멀리서 그녀를 바라보며 어떻게 말을 걸어야 할지, 아니면 그냥 조용히 지켜봐야 할지 고민했다.

그때 마침 관람을 마치고 복도로 나왔을 때, 코코는 용기를 내서 말을 걸었다. "안녕하세요" 인사를 한 후, "혹시 밀라노 할머니 아니세요?" 하며 아는 체를 했다. 그리고는 사진 함께 찍을 수 있는지를 물어보았다. 밀라노 할머니는 반갑게 눈인사를 해주고 함께 사진을 찍을 수 있는 영광의 순간을 맛볼 수 있었다. 급 흥분한 코코는 꿈인가 생시인가 하며 들떠서 사진을 찍고는 연신 기분이 하늘을 날았다.

  한 시간 정도가 지났을까. 밀라노 할머니가 전시장을 나서기 시작했다. 코코는 그녀의 뒷모습을 바라보며 오늘 하루가 얼마나 특별한 날인지 실감했다. 평범한 일상 속에서 갑자기 나타난 특별한 순간이었다. 전시장이 다시 조용해진 후에도 코코의 마음은 여전히 두근거렸다.

  퇴근길 미술관을 나섰을 때 밖은 쌍무지개가 떠 있었고, 비는 그치고 먹구름이 살짝 드리워 있었다. 집으로 돌아가는 길에 코코는 생각했다. 오늘 밀라노 할머니를 본 것이 우연일까, 아니면 필연일까. 어쨌든 이 하루는 오랫동안 잊혀지지 않을 특별한 기억이 될 것 같았다. 흥분을 가라앉힐 수 없었던 하루, 평범한 일상이 얼마나 아름다울 수 있는지를 깨달은 하루였다.

하루의 색, 침묵의 리듬

밀라노 할머니를 만난 후, 전시 기간 내내 특별한 이슈도, 소란도 없었다. 사람들은 조용히 들어오고, 조용히 나갔다. 화이트 미술관은 다시 평소의 고요함을 되찾았고, 코코는 그 고요함 속에서 자신만의 시간을 보냈다.

어떤 날은 하루 종일 말한 단어가 "안녕하세요, 티켓 확인 하겠습니다." 뿐인 날도 있었다. 관람객들에게 건네는 인사와 간단한 안내말 외에는 긴 대화가 필요하지 않았다. 처음에는 이런 침묵이 답답하게 느껴졌었는데, 이상하게도 코코의 마음은 그 전보다 더 흔들리지 않았다.

혼자만의 시간이 길어질수록 코코는 깨달았다. 자신이 여기서 하는 일이 단순한 근무가 아니라는 것을. "나는 여기서, 아무도 보지 않는 순간들을 지키는 사람이었다." 관람객들이 작품 앞에 머무는 그 짧은 순간들, 무언가 깊이 생각에 잠기는 그 찰나의 시간들을 함께 지켜보는 사람.

매일 반복되는 일상 속에서 코코는 묘한 변화를 느꼈다. "지금 내 안엔 조용한 선들이 그어지고 있는 것 같다." 마치 보이지 않는 붓이 자신의 내면에 천천히 그림을 그려가는 느낌이었다. 급하지 않고, 서두르지 않으며, 그저 자연스럽게 형태를 만들어가는 그런 선들.

전시된 아그네스 마틴의 작품들을 매일 보면서 코코는 생각했다. 아그네스는 보이지 않는 것을 그렸다. 감정을, 순간을, 고요함을 캔버스 위에 담아냈다. 그녀의 작품 앞에 서면 무언가 말로 설명할 수 없는 평온함이 찾아왔다.

"나도 그렇게 살고 싶어졌다."

보이지 않는 것들의 가치를 아는 사람이 되고 싶었다. 침묵의 아름다움을, 기다림의 의미를, 일상의 소중함을 이해하는 사람으로 살아가고 싶었다. 기다리는 시간도 작품이 될 수 있다면, 지금 이 순간들도 분명 의미가 있을 것이었다.

그날 이후, 전시장 직원들 사이에선 "또 왔대!" 하는 이야기가 종종 들려왔다. 한 번은 유명 여배우 L씨, 또 한번은 L양이, 또 한 번은 배우 K군이 혼자 조용히 다녀갔다는 소문이 돌았다.

K는 TV에 자주 나오지는 않지만, 영화제에서 꾸준히 이름을 올리는 배우였다. 조용하고, 목소리가 낮고, 인터뷰 때마다 "그림을 좋아해요."라고 말하던 사람. 코코는 그의 인터뷰를 몇 번 본 적이 있었다. 화려한 말보다는 진솔한 감정을 담담히 표현하는 그의 모습이 인상적이었다.

그날, 그는 회색 재킷과 검은 바지에 검정 모자를 눌러쓰고 혼자 전시실 안으로 들어섰다.

"그 사람… 혹시…?"

코코는 처음엔 확신이 없었다. 모자를 깊게 눌러써서 얼굴이 잘 보이지 않았고, 평소 스크린에서 보던 모습과는 달리 더욱 소탈해 보였다. 하지만 작품 앞에서 손을 모으고 고개를 아주 천천히 기울이는 그 자세를 보는 순간 확신했다.

분명, 카메라가 없는데도 그는 한 장면 속에 서 있었다. 그의 모든 움직임에는 자연스러운 우아함이 있었고, 작품을 바라보는 시선에는 진정한 애정이 담겨 있었다.

그는 20분 가까이 같은 그림 앞에 서 있었다. 아그네스 마틴의 미니멀한 격자 작품 하나를 마치 처음 보는 것처럼 오랫동안 응시했다. 전시장 안의 다른 관람객들은 그가 누구인지도 모른 채 그저 '그림을 진지하게 보는 한 남자'로만 인식했다.

코코는 그 광경이 아름답다고 생각했다. 유명세와 상관없이 순수하게 예술을 감상하는 한 사람의 모습. 그 누구도 그를 알아보지 못하는 이 공간에서 그는 온전히 자기 자신이었다.

전시가 끝나고 그가 나갔을 때, 진진이 코코에게 다가와 물었다.
"코코, 방금 나간 사람 혹시 배우 아냐?"
"응. K군. 근데… 아무도 못 알아봤지?"
"와, 나도 진짜 조용히 보고 가는 사람 처음 봤어. 완전 집중해서 보더라."

그날 밤 코코는 일기에 이렇게 적었다.

"그날 나는, 유명한 사람을 알아본 내가 아니라, 그가 끝까지 방해받지 않도록 아무 말도 하지 않은 나를 기억하고 싶다."

K군 같은 사람들이 이곳을 찾는 이유를 이제 알 것 같았다. 이곳은 단순히 그림을 보러 오는 곳이 아니라, 자신과 마주할 수 있는 공간이었다. 유명세도, 시선도, 평가도 없는 곳에서 오롯이 예술과 마주하며 내면의 목소리에 귀 기울일 수 있는 곳.

코코는 그런 순간들을 지키는 사람이 되고 싶었다. 누군가의 소중한 시간을 보호하고, 방해받지 않는 감상의 공간을 만들어 주는 사람으로 말이다.

맥주 축제의 밤, 화이트 미술관의 또 다른 얼굴

전시가 끝나고 관람객들이 하나둘 발걸음을 옮겼다. 하루의 예술 감상을 마친 사람들은 각자의 일상으로 돌아가는 듯했다. 하지만 화이트 미술관 앞 광장에는 특별한 풍경이 펼쳐지고 있었다. 지역을 대표하는 두 유명 수제 맥주 회사가 차린 작은 부스들이 따뜻한 빛을 내고 있었다.

따뜻한 조명 아래, 손에 맥주잔을 든 사람들이 모여 웃고 떠들었다. 낮에 진지하게 작품을 감상하던 그 사람들이 이제는 편안한 미소를 지으며 서로 대화를 나누고 있었다. 그날만큼은 미술과 예술을 감상하던 무거움도, 긴장감도, 모두 내려놓은 채로.

코코도 조용히 그 축제 한가운데 서 있었다. 하루 종일 전시장을 지키던 긴장이 풀리면서 자연스럽게 입가에 미소가 번졌다. 멀리서 들려오는 잔잔한 음악 소리가 광장의 공간을 부드럽게 채웠다.
"미술관에서 나오는 이 맥주 향, 참 어울리네."

그녀가 혼잣말처럼 내뱉은 말에는 묘한 감탄이 담겨 있었다. 예술과 일상이 이렇게 자연스럽게 어우러질 수 있다는 것이 신기했다. 격식 있는 전시 공간에서 나와 편안한 축제 분위기로 이어지는 이 대비가 오히려 더 인간적으로 느껴졌다.

밤이 깊어질수록, 화이트 미술관 건물은 낮과는 완전히 다른 모습으로 변했다. 유리와 빛으로 이루어진 하얀 건물은 어둠 속에서 은은하게 빛났고, 세심하게 설치된 조명들이 벽면을 부드럽게 감쌌다. 낮에는 날카롭고 모던했던 건축선들이 밤에는 몽환적이고 따뜻한 곡선처럼 보였다.

조용해진 미술관 안에서는 지난 낮의 발걸음 소리와 속삭임들이 사라지고, 고요함과 평화가 자리를 잡았다. 전시실의 작품들도 이제는 관람객들의 시선 없이 홀로 공간을 지키고 있을 것이었다.

"낮과 밤, 두 얼굴을 가진 이곳이 참 좋다."

코코는 조용히 속삭이며, 잠시 눈을 감았다. 하루하루 이곳에서 일하면서 느끼는 것은 단순한 근무의 만족감이 아니었다. 예술이 사람들의 삶 속으로 스며드는 순간들을 목격하는 특별함이었다.

그날 밤, 화이트 미술관은 단순한 예술 공간을 넘어 사람들의 일상과 축제가 어우러진 따뜻하고 살아있는 장소로 빛났다. 예술과 삶이 분리되지 않고 하나로 흘러가는 그 자연스러운 모습이, 코코에게는 가장 아름다운 작품처럼 보였다.

어느 날

늦은 오후였다. 화이트 미술관의 커다란 유리창으로 쏟아지는 황금빛 햇살이 전시장 바닥에 길고 부드러운 그림자를 드리웠다. 오후의 따스함이 공간을 가득 채우고 있었고, 관람객들의 발걸음도 한결 느긋해 보였다.

코코는 전시장 한편에 마련된 의자에 앉아 오랫동안 말없이 있었다. 아그네스 마틴의 작품들이 벽에 조용히 걸려 있고, 햇빛이 만드는 자연스러운 격자무늬가 바닥에 스며드는 그 평화로운 풍경을 바라보고 있었다. 조용한 전시장의 고요함 속에서, 그녀는 어느새 자신도 모르게 의자에 기대 잠이 들었다.

K 여배우와 함께 탄 배가 망망대해를 건너고 있었다. 앞은

안개로 가득차 있었고, 앞만보고 달리는 배안에서 그 K 여배우는 연신 뱃머리에서 토를 하고 있었다. 코코는 '할머니 할머니' 하면서 그녀의 등을 두드려 주다가 밖에서 누군가 부르는 소리를 듣고 꿈에서 깨어났다.

"할머니!"

누군가의 밝은 외침에 코코는 눈을 떴다. 꿈에서 깨어나는 순간의 아련함과 함께 현실이 천천히 돌아왔다. 전시실 너머에서, 작은 아이가 관람 중인 노인의 손을 잡고 부르고 있었다. 할머니와 손자로 보이는 두 사람은 아그네스 마틴의 작품 앞에서 조용히 대화를 나누고 있었다.

코코는 그 장면을 보며 조금 전 꿈속의 여인을 떠올렸다. 현실의 할머니와 꿈속의 여인이 묘하게 겹쳐 보였다.

그리고 생각했다.

"나도 언젠가, 저런 '할머니'가 되고 싶다."

나이가 들어서도 예술을 사랑하고, 어린 세대에게 무언가 의미 있는 말을 건네줄 수 있는 사람. 꿈속 여인이 갑작스런 등장으로 선잠을 자다 깨어난 코코는 눈 앞에 손자 손을 잡고 작품을 감상하는 할머니를 보며 '나도 저렇게 늙어가는 할머니가 되고 싶었다.

 햇빛은 아직 유리창 너머에 남아 있었고, 공기는 따뜻했고, 시간은 고요하게 흘렀다. 그 순간, 코코는 삶과 예술, 미래와 현재가 한 점으로 이어졌음을 느꼈다. 지금 이 자리에서 경험하는 모든 것들이 언젠가 자신의 일부가 되어, 또 다른 누군가에게 전해질 것이라는 확신이 들었다.

 이윽고, 화이트 미술관은 긴 겨울 휴식을 준비하고 있었다. 전시가 끝나고 새로운 시작을 위한 준비의 시간이 다가오고 있었다. 하지만 코코에게는 끝이 아닌 또 다른 시작처럼 느껴졌다.

J 회장의 출현

 엘즈미어 섬의 아침은 언제나 평온하지만, 그날은 유난히 포근했다. 77만의 사람들이 사는 이 섬에서 노년에 접어든 이들이 품위 있는 삶을 영위하며, 자신의 지난날을 돌아보며 살아가는 모습은 참으로 아름다웠다. 세상 어디에도 없을 정도로 조용하고 정제된 일상이 흐르는 이 휴양의 섬에서, 그날도 평범한 하루가 시작되는 듯했다.

 그날 오전, 화이트 미술관의 유리문이 조용히 열리고 한 무리의 사람들이 들어섰다. 중년의 부부와 백발의 노신사, 그리고 손주로 보이는 청년들까지. 삼대가 함께 나들이를 나온 평범한 가족의 모습이었다. 코코는 처음엔 그들을 여느 가족 관람객처럼 따뜻하게 맞이했다. 그러다 노신사의 얼굴을 보고 깜짝 놀랐다.

 그는 바로 J 회장이었다. 엘즈미어 섬을 대표하는 글로벌 기업의 수장이자, 섬 전체 경제의 든든한 버팀목이라 할 수 있는 존재. 관광과 문화산업의 중심에서 이 섬을 실질적으로 이끌어 가는 인물이었다. 2002년 월드컵으로도 유명 정치인의 이름을 올리기도 한 장본인이다.

하지만 그런 대단한 인물이 이토록 자연스럽게, 소탈하게 가족들과 미술관을 찾았다는 사실에 코코는 마음이 따뜻해졌다. 전혀 거창한 수행원이나 경호 인력 없이, 그는 평범한 동네 할아버지처럼 느긋한 걸음으로 전시실을 거닐었다. 손주와 눈높이를 맞추며 다정하게 속삭이는 모습은 TV에서 보던 기업인의 모습과는 전혀 달랐다. 오히려 엘즈미어 섬의 한 시민, 그리고 자상한 할아버지로서 그 공간에 자연스럽게 스며들어 있었다.

2층 전시실 앞에서 그는 한참이나 그림 앞에 멈춰 섰다. 따스한 햇살이 벽을 타고 흘러내리고, 바닥에는 나뭇잎 그림자의 물결이 부드럽게 퍼져 나갔다. 그는 긴 시간 동안 아무 말 없이 그림을 바라보다가, 손을 가볍게 뒤로 모은 채 만족스럽게 고개를 끄덕였다.

그 순간의 모습은 마치, 삶의 무거운 짐을 잠시 내려놓고 다시 어린 시절의 순수한 마음으로 그림을 들여다보는 것처럼 느껴졌다.

코코는 멀찍이 떨어진 곳에서 그 가족을 지켜보며 문득 생각했다.

"진짜 품위란, 과시가 아닌 마음가짐에서 나오는 거구나. 정말 힘 있는 사람은 조용히 다정해질 줄 아는 사람이구나."

가족들은 서로를 배려하며 천천히 작품들을 감상했다. 손주가 궁금해하면 할아버지가 차근차근 설명해주고, 아들 내외는 아버지의 걸음에 자연스럽게 맞춰 따라갔다. 그 모습이 너무나 평범하고 따뜻해서, 코코는 이들이 재벌가 사람들이라는 사실을 잠시 잊을 정도였다.

J회장은 마지막까지도 유리창 너머의 화이트 숲을 오랫동안 바라봤다. 푸른 나무들이 바람에 살랑거리는 모습을 지켜보며 깊이 숨을 들이마셨다. 가족들이 조용히 다가오자 그는 온화한 미소를 지으며 자리에서 일어섰다.

그들이 천천히 미술관을 나서는 뒷모습을 바라보며, 코코는 로비에서 한참 동안 그대로 서 있었다. 마음 한편이 따뜻해지는 기분이었다.

마침 2관에서 함께 근무하고 있던 흰 머리 전시요원이 코코에게 다가와 말을 걸었다.

"J 회장 몰라 보겠어. 많이 늙었네 진짜." 하며 지금 막 전시실을 나간 사람이 누군지 아냐는 듯 말을 이어갔다.

"그쵸? 예전 TV에서 보던 모습과 많이 다르고, 이제 나이 든 티도 제법 나더라구요"

그날 저녁, 코코는 일기장에 이렇게 적었다.

"오늘 정말 특별한 가족이 미술관을 찾아주셨다. 그분은 이 섬의 대표이자, 거대한 이름을 가진 분이지만 오늘 미술관에서는 그저 한 명의 다정한 손님이었다. 말수는 적었고, 걸음은 여유로웠으며, 그분의 눈길은 그림 속 인물처럼 고요하고 깊었다. 무엇보다 가족을 사랑하는 따뜻한 할아버지의 모습이

너무 인상적이었다. 그날 화이트 미술관은 하나의 아름다운 삶이 잠시 머물렀던 소중한 흔적을 품은 공간이 되었다."

당신, 여기 놀러 올래요?

3

〈김환기, 에어앤사운드, 오마주, 챗gpt그림〉

엘즈미어섬, 2025년
봄

긴 휴관을 지나, 다시 문을 여는 화이트 미술관

지난 가을부터 시작된 긴 침묵의 시간이었다. 바람이 차가워지고, 붉은 단풍이 노란 은행잎과 함께 땅에 쌓이던 그 계절부터 화이트 미술관은 조용히 문을 닫았다. 바깥은 겨울의 흰 눈으로 엘즈미어 섬 전체를 덮었고, 미술관 내부도 그 어느 때보다 깊은 고요에 잠겼다. 평소 활기찬 발걸음으로 가득했던 전시장은 텅 비어 있었고, 벽에 걸려 있던 작품들도 모두 다른 곳으로 떠나갔다.

사람들의 발길도, 웃음도, 작품 앞에서의 조용한 속삭임도 모두 멈춘 듯한 긴 시간이었다. 코코 역시 이 시간 동안 잠시 일상을 멈추고 자신만의 시간을 보냈다. 때로는 텅 빈 미술관을 혼자 걸어다니며 새로운 전시를 상상해보기도 했고, 때로는 창밖의 겨울 풍경을 바라보며 지난 시간들을 되돌아보기도 했다.

하지만 이제, 그 긴 시간이 끝나고 있었다.

2025년 4월, 따스한 봄바람과 함께 화이트 미술관은 새로운 시작을 알렸다. 겨울 동안 얼어붙었던 섬에 다시 생기가 돌아오는 것처럼, 미술관도 새로운 숨결로 가득 찼다.

이번 시즌, 미술관은 한국 현대미술의 거장 김환기의 작품들과 함께 다시 문을 열었다. 푸른 점들이 무한히 펼쳐진 그의 대표작들, 그리고 달항아리를 모티프로 한 서정적인 작품들이 새롭게 단장된 전시실을 채웠다. 빛과 색채가 조화를 이루는 그의 작품들은 오랜 휴관 후 찾아온 이 공간에 새로운 숨결과 생기를 불어넣었다.

코코는 재개관 첫날 아침 일찍 미술관에 도착했다. 오랜만에 작품들로 가득 찬 전시실을 보며 가슴이 뭉클했다. 김환기의 푸른 점들이 마치 살아있는 것처럼 벽면에서 춤추고 있었다.

"와, 정말 오랜만이다."
진진이 코코 옆에 서서 감탄했다.

"잘 지냈어? 또 이리 만나니 너무 좋은 걸?"하며 그간의 안부를 물었다.
"그러게. 이렇게 작품들이 있으니까 여기가 진짜 미술관 같아."

첫 관람객들이 들어오기 시작했다. 겨울 동안 미술관을 그리워했던 지역 주민들, 그리고 김환기 전시를 보기 위해 먼 곳에서 온 사람들까지. 오랜만에 전시장에 사람들의 발걸음 소리와 작은 탄성들이 울려 퍼졌다.

"긴 기다림 끝에, 다시 시작하는 이곳에서 예술과 삶이 만나길 바랍니다."
개관식에서 관장이 한 말이 코코의 마음에 깊이 와닿았다. 정말로 이곳은 단순한 전시 공간이 아니라 예술과 삶이 만나는 특별한 장소였다.

코코와 미술관 직원들, 그리고 엘즈미어의 시민들 모두는 이 특별한 순간을 기다려왔다. 겨울 동안의 긴 침묵 후에 다시 찾아온 이 활기찬 순간들이 더욱 소중하게 느껴졌다.

4월의 첫 햇살이 김환기의 푸른 점들을 비추며 전시실을 가득 채웠다. 화이트 미술관은 다시 한 번 섬과 세계를 잇는 예술의 등불이 되고 있었다. 코코는 이 새로운 시작이 또 어떤 특별한 순간들을 가져다줄지 기대에 가득 차 있었다.

다시 열린 화이트 미술관, 김환기와 일상의 풍경

봄바람이 부드럽게 스며든 4월, 화이트 미술관은 다시 문을 열었다. 긴 휴관을 끝내고 맞이하는 새로운 시작은 말로 다 표현할 수 없는 조용한 설렘과 안정감을 선사했다. 미술관의 하얀 벽면에 스며든 햇살은 마치 오랜 기다림 끝에 찾아온 희망의 메시지처럼 따스했다.

전시실 안에는 김환기의 작품들이 평온하게 자리했다. 부드러운 점과 선들이 화폭 위에서 춤추고, 깊은 푸른색과 순백의 조화가 한 편의 시처럼 공간을 가득 채웠다. 작가 특유의 섬세

한 터치와 한국적 정서가 담긴 추상표현은 관람객들에게 깊은 울림을 전했다.

코코는 천천히 작품들 사이를 걸었다. 세 번의 전시를 거치며 미술관과 사람들의 이야기를 지켜본 그녀에게 이번 김환기 전시는 마치 한 편의 잔잔한 소설 같았다. 각각의 작품이 품고 있는 이야기들이 서로 어우러져 하나의 큰 서사를 만들어가는 듯했다.

한편에서는 70대 여성들이 모여 작품 앞에서 이야기꽃을 피우고 있었다. 오랜 친구들처럼 웃음을 나누며 서로의 손을 잡고, 예술을 통해 삶의 깊이를 느끼는 시간이었다. 그들의 주름진 손과 환한 미소는 세월이 선사한 지혜와 아름다움을 보여주었다.

"50세의 나이에 뉴욕이라니?"
"맞아요, 그리고 또 집이 잘 살기도 했나 봅니다."

오후의 따스한 햇살이 전시실을 가득 채우자, 김환기의 작품들은 더욱 생동감 있게 빛났다. 그의 작품 속 점들이 마치 별빛처럼 반짝이며 관람객들의 마음속에 새로운 감동을 심어주었다.

코코는 전시를 돌아보며 깊이 생각했다. 세 번의 전시를 거치며 그녀는 미술관이 단순한 문화공간을 넘어 '사람'을 위한 진정한 안식처임을 깨달았다. 작품들은 그저 그 중심을 비추는 빛일 뿐, 진짜 주인공은 그곳을 찾는 사람들이었다. 가족을 떠나 타국에서 시작된 새로운 미술 인생 그로 인해 보고 싶은 가족을 뉴욕에서 한지나 신문에 그린 화가라니, 진짜 작품 하나를 이해하려면 그 사람 인생의 모든 서사를 이해할 수 밖에 없다 생각했다.

하루하루 조용히, 그러나 확실하게 화이트 미술관은 사람들과 함께 성장하고 있었다. 낮에는 김환기의 고요한 작품들이 공간을 빛내고, 밤에는 사람들이 나눈 따뜻한 이야기들이 미술관의 영혼이 되어 살아 숨 쉬고 있었다.
그렇게 화이트 미술관은 새로운 봄과 함께 또 다른 이야기를 써내려가기 시작했다. 김환기의 영원한 푸름처럼, 이곳의 이야기도 시간을 넘나들며 사람들의 마음속에 깊이 새겨질 것이었다.

작은 울림 하나

봄날의 화이트 미술관은 평온했다. 부드러운 빛이 유리창을 타고 흘러내리고, 김환기의 점과 선들이 말없이 사람들의 시선을 사로잡았다. 전시실 안은 고요한 침묵으로 가득했고, 그 침묵은 예술 작품들과 어우러져 특별한 안정감을 만들어냈다.

코코는 조용히 전시장 안을 순찰하고 있었다. 관람객들이 작품에 몰입할 수 있도록 적절한 거리를 유지하며, 혹시나 도움이 필요한 사람은 없는지 세심히 살펴보는 것이 그녀의 일상이었다. 그때였다. 어디선가 작은 소리가 들려왔다.

"으—아!"

낮고 짧게 끊긴 듯한 아이의 소리였다. 코코가 고개를 돌리자, 유모차 안에서 몸을 비트는 아기가 보였다. 한 손은 허공을 향해 뻗어있고, 다른 손은 유모차의 손잡이를 꼭 움켜쥐고 있었다. 아기의 표정에는 어딘가 갑갑함과 조급함이 스며 있었다.

 배가 고픈 걸까? 졸린 걸까? 하지만 코코는 직감적으로 알 수 있었다. 이 아이는 단지 '앉아 있기'가 지겨운 것이었다. 좁은 유모차 안에 갇혀 세상을 제대로 볼 수 없는 답답함을 표현하고 있는 것이었다.

 곁에 있던 할머니가 재빨리 아이를 안아 올렸다. 그제야 아이는 조용해졌다. 마치 마법처럼, 아기의 얼굴에 평온함이 스며들었다. 엄마, 할머니, 그리고 아기. 세대가 다른 세 사람이 서로를 중심에 두며 천천히 전시장을 돌기 시작했다. 할머니 품에 안긴 아기는 눈을 크게 뜨고 천천히 고개를 돌렸다. 김환기의 작품을 보는 것인지, 주변 사람들을 관찰하는 것인지는 알 수 없었다. 하지만 분명한 것은 그 눈동자가 무언가를 '보고' 있다는 것이었다.

 코코는 그 모습을 멀리서 지켜보며 자신도 모르게 작은 미소를 지었다.

"예쁘다…."

아기가 "으으…" 하고 또 한 번 소리를 냈다. 이번에는 울음이 아니었다. 그저 자신만의 방식으로 무언가를 표현하는 소리였다. 코코는 그 소리를 놓치지 않았다. 그녀는 대학에서 부전공으로 유아교육을 배웠다. 아기의 발달 시기에는 무의미한 듯 보이는 옹알이에도 반응해 주는 사람이 곁에 있다는 것이 얼마나 중요한지 잘 알고 있었다. 소리에 답해주는 것, 표현에 눈맞춤으로 응답하는 것이 바로 언어와 감정 발달의 시작이라는 것을.

하지만 이곳은 미술관이었다. 정숙해야 하는 공간에서 할머니는 아이의 옹알이에 즉각적으로 반응하기 어려워 보였다. 코코는 속으로 아기의 작은 표현들에 하나씩 의미를 부여해주었다.

'그 소리는 호기심 같고, 지금 저 표정은 약간 지루해하는 것 같아.'

두 개의 전시실을 모두 둘러보는 데는 30분이 채 걸리지 않앉다. 그 짧은 시간 동안 아기와 가족의 움직임은 고요한 전시 공간에 또 다른 리듬을 만들어냈다. 김환기의 고요한 색채 속에서 펼쳐진 작은 생명의 울림은 그 자체로 하나의 예술 작품 같았다.

가족이 전시장을 떠나기 전, 코코는 마지막으로 아이의 맑은 눈동자를 바라보았다. 그리고 조용히 마음속으로 말했다.
"네가 본 이 공간이 네 안에 어떤 기억으로 남게 될까. 언젠가 다시 이곳을 찾았을 때, 오늘의 순간을 기억할 수 있을까."

그날, 화이트 미술관은 한 점의 작은 울림으로 가득 찼다. 소리 없는 전시장에서 누군가의 첫 감각이 피어나는 순간이었고, 예술과 삶이 만나는 가장 순수한 접점이었다. 코코는 그 순간을 마음 깊이 새기며, 미술관이 단순히 작품을 보는 곳이 아니라 모든 세대가 함께 감동을 나누는 살아있는 공간임을 다시 한번 깨달았다.

서울, 2003년
코코, 스물 셋

　크리스마스 2003년 12월 24일, 강남 고속버스 터미널은 사람들로 북적였다. 모두들 고향으로 가는 길이었다. 코코도 그 중 하나였다. 회사에서 나누어준 케이크를 소중히 들고 있었다. 크리스마스라서 특별히 준비해준 케이크였다. 달콤한 향이 박스 밖으로 새어 나왔다. "오늘은 아빠 생신이기도 하고, 크리스마스이기도 하고." 코코는 혼자 중얼거리며 미소를 지었다. 선물 봉지도 한 아름 들고 있었다. 아빠가 좋아하실 만한 것들로 골라서 샀다. 버스에 올라타니 마음이 설렜다. 집에 가는 길은 언제나 특별했다. 특히 오늘 같은 날은 더욱 그랬다. 창밖으로 서울이 점점 멀어져 갔다. 네온사인들이 반짝이고 있었다.

　크리스마스 장식들이 도시를 화려하게 만들고 있었다. 코코는 아빠를 생각했다. 언제나 자신을 따뜻하게 맞아주시는 아빠. 힘든 일을 하시면서도 늘 웃음을 잃지 않으시는 아빠. "아빠, 오늘 깜짝 선물이 있어요." 코코는 케이크 박스를 다시 한 번 확인했다. 아빠가 좋아하시는 생크림 과일 케이크였다. 회사에서 받은 것이지만, 아빠에게는 세상에서 가장 귀한 선물이 될 거였다.

　집 앞에 도착했을 때, 아빠가 대문 앞에서 기다리고 계셨다. 코코를 보자 환하게 웃으셨다. "우리 딸이 왔구나." "아빠, 생신 축하해요. 그리고 메리 크리스마스!" 코코는 케이크와 선물을 내밀었다. 아빠의 눈에 기쁨이 가득했다. "이런 걸 다 언제 준비했어?" "비밀이에요." 그날 밤, 둘은 작은 식탁에 앉아 케이크를 나누어 먹었다. 크리스마스 트리 불빛이 방 안을 포근하게 비추고 있었다. "코코야, 너 때문에 아빠가 정말 행복해." "저도요, 아빠." 코코는 그 순간을 마음 깊이 새겨두었다. 아빠와 함께한 크리스마스 이브. 달콤한 케이크와 따뜻한 대화. 이런 게 진짜 행복이구나 싶었다.

엘즈미어섬, 2025년
여름

조용한 열기

 그날 화이트 미술관은 평소보다 조금 더 산뜻한 활기로 문을 열었다. 노란 조끼를 단정하게 입은 초등학생 열다섯 명 정도가 손에 작은 스케치북을 하나씩 들고 질서정연하게 입장했다. 아이들의 발걸음은 가볍고 눈빛은 호기심으로 반짝였다.

 그들은 '아모르 초등학교'에서 온 학생들이었다. 아이들을 위한 프로그램이 있어 평소 미술관 견학과는 다른, 체계적이고 깊이 있는 관람을 위해 특별히 준비된 프로그램이었다. 작품을 감상하기 전, 큐레이터의 상세한 해설을 들으며 아이들은 하나하나 꼼꼼히 메모하거나 작품의 일부를 따라 그리기도 했다.

 "저 점들은 왜 일정하게 배열되어 있나요?" "김환기 작가님은 왜 이렇게 많은 점을 찍으셨어요?"

아이들의 질문은 간단하면서도 본질을 찌르는 것들이었다. 어른들이 당연하게 받아들이는 것들에 대해 순수한 의문을 품는 모습이 인상적이었다. 조용한 전시실 안에 아이들의 작은 속삭임과 연필이 종이 위를 스치는 소리가 포근하게 어우러졌다.

그중 한 아이가 전시장 끝에서 관람객들을 지켜보고 있는 코코를 발견했다.
"어… 코코 선생님이다!"
영어 그룹 수업에서 만났던 아이였다. 놀란 듯, 반가운 듯 작은 목소리로 다른 친구들에게 말했다.

"진짜야, 우리 코코 쌤!"

금세 몇 명의 아이들이 조심스럽게 몰려와 인사를 했다.

"선생님이 여기서 뭐해요? 왜 여기 계세요?"
코코는 따뜻한 미소를 지으며 답했다.
"아 선생님 낮에는 여기에서 근무해. 내일 오후에 보자."

아이들은 놀라움과 존경이 섞인 눈빛으로 그녀를 바라보았다. 자신들이 아는 영어 선생님이 이렇게 멋진 미술관에서도 일한다는 사실이 신기하고 자랑스러운 듯했다.

이후로도 아이들은 해설사 옆에 반원을 그리며 모여 앉아 귀를 기울였다. 워크시트를 받아 작품 제목과 색감, 작가의 의도를 나름대로 추측해 보며 열심히 적어 내려갔다. 한 아이가 김환기의 작품 앞에서 조심스럽게 말했다.

"그림 속 파란 점들이… 밤하늘 같아요."

다른 아이가 진지하게 덧붙였다.

"맞아, 근데 엄청 조용한 밤. 소리가 하나도 없는 밤 같아."

코코는 그 말에 마음이 전해졌다. 어른들이 놓치는 미묘한 감각을 아이들은 본능처럼 알고 있었다. 그들은 단순히 그림을 '보는' 것이 아니라 그림 속 '시간과 감정'을 자신만의 언어로 느끼고 표현하고 있었다.

"선생님, 이 그림을 보면 마음이 차분해져요."
"저는 뭔가 그리운 기분이 들어요."

아이들의 솔직한 감상평을 들으며 코코는 속으로 생각했다.
'이런 관람이면 참 좋겠다.'

설명만 듣고 지나치지 않고, 아이들은 작품과 자신의 감정을 연결하며 하나의 진정한 대화를 만들어가고 있었다. 예술이 주는 감동을 온몸으로 받아들이는 모습이 아름다웠다.

30분 후, 단체 관람은 조용히 마무리되었다. 아이들은 손에 스케치북을 꼭 쥔 채 밖으로 향했다. 어떤 아이는 마지막까지 전시실 유리창 너머로 보이는 바깥 풍경을 바라보며, 방금 본 작품들과 현실의 풍경을 비교하는 듯했다.

출구에서 코코에게 작은 손을 흔들며 인사하는 아이들의 모습이 그녀의 마음에 오래 남았다.

"아이들은 미술관을 어른들과 다르게 보고, 나는 그 아이들을 통해 이 공간의 또 다른 가능성을 발견한다." 코코는 그날의 경험을 되새기며 미소 지었다.

다른 속도, 같은 시선

화이트 미술관의 오후, 따스한 햇살이 유리창을 타고 깊숙이 내려와 전시장 바닥을 황금빛으로 물들이고 있었다. 김환기의 작품들은 그 빛 속에서 더욱 깊고 고요한 아름다움을 발산했다.

그때, 입구 쪽에서 조용한 움직임이 보였다. 세 명의 관람객이 보호자와 함께 천천히 입장하고 있었다. 두 사람은 휠체어에 앉아 있었고, 한 사람은 보호자의 손을 꼭 붙잡고 조심스럽게 한 걸음씩 내딛고 있었다.

코코는 자연스럽게 자세를 바로 하며 상황을 지켜보았다. 마음 한편에는 작은 긴장감이 스며들었다. '혹시 작품 가까이 다가가다가 균형을 잃으면 어떡하지? 사람이 많은 시간대라 불편하지 않을까?' 하지만 그 걱정은 곧 기우였음이 드러났다.

그들은 조용히, 그리고 아주 성실하게 하나하나의 작품 앞에 서 멈추었다. 보호자는 작품에 대한 간단한 설명을 들려주었고, 관람객들은 그 말을 깊이 새기듯 작품을 바라보았다. 일반적인 관람객들보다 훨씬 오랜 시간을 한 작품 앞에서 보내는 그들의 태도는 마치 미술관 전체의 시간 감각을 바꾸는 듯했다.

코코는 멀리서 그 모습을 지켜보며 놀라움을 감출 수 없었다. 그들이 작품을 대하는 자세에는 어떤 조급함도 없이 오히려 평소 빠르게 지나치는 다른 관람객들보다 더 깊이 있게, 더 진정성 있게 예술과 마주하고 있었다.

휠체어의 바퀴가 바닥을 굴러가는 소리, 조심스러운 발걸음 소리는 전시실에 또 다른 리듬을 만들어냈다. 그 리듬은 결코 방해가 되지 않았다. 오히려 공간에 따뜻함과 인간적인 온기를 더해주었다.

한참 후, 세 사람은 모든 작품을 둘러본 후 전시실을 나섰다.

코코는 출구에서 자연스럽게 그들을 배웅했다. 그들 중 한 명이 아주 천천히 고개를 숙여 답했다. 말없이, 그러나 충분히 마음이 전해지는 정중한 인사였다.

화이트 미술관은 매일 서로 다른 사람들이 스쳐 지나간다. 80대 할머니부터 가방을 메고 온 중학생, 감각적인 디자이너, 영감을 찾는 음악가, 육아로 지친 엄마들, 미술을 전공하는 대학생과 바쁜 일상 속에서 잠시 쉼을 찾아온 직장인까지. 누가 언제 오느냐에 따라 전시장의 공기조차 미묘하게 달라진다.

어떤 날은 깊은 침묵이 흐르고, 어떤 날은 아이들의 맑은 웃음소리가 울려 퍼지고, 또 어떤 날은 천천히 움직이는 바퀴의 조용한 진동이 바닥을 따라 흘러간다. 빠른 걸음으로 지나치는 사람도 있고, 한 작품 앞에서 오랜 시간 서 있는 사람도 있다.

그들은 모두 각자의 자리에서, 자신만의 감각과 속도로 예술을 마주하고 있었다. 그리고 그 모든 장면들이 코코에게는 소중한 한 페이지가 되어 기억 속에 남았다.

그날 저녁, 코코는 조용히 생각했다.

"사람은 모두 다르고, 다르기 때문에 예술이 더욱 풍요롭게 살아 숨 쉰다."

미술관은 단순히 작품을 전시하는 공간이 아니라, 서로 다른 삶의 속도와 시선을 가진 사람들이 만나 하나의 아름다운 교향곡을 만들어가는 곳이었다. 그리고 코코는 그 교향곡의 조용한 지휘자가 되어가고 있었다.

무슨 생각 하세요?

아침 10시면 어김없이 열리는 미술관. 오늘은 유독 이른 시간부터 사람들이 많았다. 화이트 뮤지엄의 유리창 사이로 봄빛이 부드럽게 번져들고, 전시장에는 몇 팀의 관람객들이 물 흐르듯 들어오고 나갔다. 김환기의 작품들은 고요한 침묵 속에서 각자의 이야기를 속삭이고 있었다.

코코는 1관 입구 옆에 서 있었다. 자연스럽게 시선은 사람들의 발걸음과 눈빛, 손의 움직임에 머물러 있었다. 작품을 진심으로 보는 눈인지, 주변을 의식하는 눈인지, 그 미묘한 차이들을 읽는 일이 어느덧 그녀의 일상이 되어 있었다.

그때, 세 명의 가족이 조용히 들어섰다. 나이 지긋한 부모님과, 그들보다 한 걸음 천천히 따라 들어오는 청년이 있었다. 청년의 걸음걸이에는 어딘가 사색적인 무게감이 있었다.

그 청년은 묘하게도 전시장에 들어서자마자 작품이 아니라 코코를 바라보았다. 시선을 피하듯 하다가도 다시 자연스럽게 마주치곤 했다. 처음에는 전시 요원의 존재가 불편했던 것일까 싶었지만, 그의 눈빛은 다정했고 무언가 질문을 품고 있는 듯했다.

조용히 10분쯤 흘렀을까. 청년은 부모님과 잠시 떨어져 코코 쪽으로 천천히 다가왔다. 그리고 조금 머뭇거리며 입을 열었다.

"저기요, 실례가 안 된다면... 여기서 일하시면서 사람들을 보면, 무슨 생각 하세요?"

코코는 순간 자신이 잘못 들은 줄 알았다. 대부분의 관람객들이 묻는 것은 "이 전시 언제까지예요?", "사진 찍어도 돼요?", 혹은 "이런 멋진 곳에서 근무해서 너무 좋겠어요." 같은 현실적인 질문들이었다. 하지만 '무슨 생각을 하느냐'는 질문은 처음이었다.

"무슨 생각 하세요?"

그 한 문장이 그날 전시장의 공기를 조금 바꾸었다. 코코는 잠시 미소를 지으며 생각했다. 그리고 진심을 담아 대답했다.
"사람들 구경도 하면서 작품과의 거리를 잘 유지하는지 보지요. 왜 그런 질문을 하실까요?"
청년은 깊이 고개를 끄덕였다.
"저도 그런 생각을 했어요. 작품 자체를 보는 건지, 아니면 그 안에서 일어나는 '움직임'이나 '에너지'를 느끼는 건지… 전시장을 걷다 보면 그런 것들이 보이더라고요."
"맞아요. 사람들마다 작품 앞에 서는 시간도 다르고, 표정도 달라요. 어떤 분은 한참을 서 계시다가 갑자기 미소를 지으시기도 하고, 어떤 분은 급하게 왔다가 급하게 휘리릭 보고 가는 분들도 있구요"

청년은 부모님이 기다리는 작품 쪽으로 다시 돌아갔다. 가족과 함께 남은 전시를 둘러본 후 조용히 미술관을 떠났다. 하지만 그날 이후, 코코는 그 질문이 자주 떠올렸다.

"무슨 생각 하세요?"

그것은 관람객에게 던질 수 있는 질문이기도 했고, 동시에 자신에게 던지는 질문이기도 했다. 미술관에서 일하면서 과연 자신은 무엇을 보고 있는가? 작품을, 사람을, 아니면 그 둘 사이에서 일어나는 보이지 않는 이야기들을?

그날, 코코는 자신이 단순히 미술관을 지키는 사람이 아니라, 예술과 사람 사이에서 일어나는 작은 기적들을 목격하는 특별한 자리에 있음을 새삼 깨달았다. 그 후로도 코코는 관람객들을 보며 생각했다. 저 사람은 지금 무엇을 보고 있을까? 그리고 나는 무엇을 보고 있을까?

노신사 셋

1층 로비에 나타난 나이 지긋한 노신사 세 분. 베레모도 쓰고 한껏 단정하지만 멋지게 차려입고 오신 분들이 눈에 띄었다. 1층 전시실 앞에 있던 코코가 티켓 확인을 하면서 내부에서 사진 촬영이 안 된다고 안내를 드린 순간, 왜 안 되냐고 물으시면서... 바로 관장한테 전화를 해보겠다고 한다. 당황한 코코는 어리둥절 지금 이게 무슨 상황이지 하며 놀랐지만 이미 그들이 로비 앞 인포메이션으로 자리를 옮기고 있었다. 다른 관람객들을 안내하며 잠깐 로비 쪽을 바라보니 큐레이터들이 나와서 그 노신사에게 설명을 하고 있는 듯했다.

어찌 마무리 되었는지... 이윽고 다시 전시실 앞에 온 사람들은 손에 화이트 미술관 종이가방을 하나씩 들고 나타나셨다. 짐이 한가득 양손과 어깨에 멘 가방까지... 코코는 다시 안내를 드렸다. 엘리베이터 옆 락커룸에 짐을 보관하실 수 있다며 안내를 드리고 그분들은 이제 진정한 작품 관람을 하게 되었다. 마침 도슨트가 2시에 시작되어 많은 사람들이 북적였고, 한무리 단체들이 휩쓸고 간 전시장 안… 갑자기 고요가 찾아왔다. 잠시 숨을 고를 시간. 마침 노신사 세 분도 관람을 마치며 조용히 전시실을 떠났다.

노신사들이 떠난 후, 코코는 마음 한편이 무거워졌다. 그들의 모습을 떠올리며 여러 생각이 스쳐 지나갔다. 베레모를 쓰고 단정하게 차려입은 모습은 분명 예술을 사랑하는 사람들 같았는데, 왜 그런 반응을 보였을까.

미술관의 사진 촬영 금지 규정은 작품 보호를 위한 것이다. 플래시 불빛은 작품을 훼손시킬 수 있고, 사진 촬영에 몰두하다 보면 정작 작품을 제대로 감상하지 못하게 된다. 이런 원칙은 모든 관람객이 동등하게 지켜야 할 최소한의 에티켓이다.

하지만 노신사들은 달랐다. 규정에 대한 설명을 듣자마자 '관장에게 전화하겠다'고 했다. 그 순간 코코는 무척 당황스러웠다. 이것이 바로 권력을 이용한 특별 대우를 요구하는 것이 아닐까 하는 생각 때문이었다.

결국 큐레이터들이 나와서 그들을 응대했고, 그들은 미술관 기념품까지 받아 들고 다시 나타났다. 코코는 그 종이가방을 보며 복잡한 심경이 들었다. 과연 무슨 일이 일어났을까. 그들만의 특별한 배려가 있었던 것일까.

예술은 평등하다. 김환기의 작품 앞에서 모든 관람객은 동등하다. 나이가 많든 적든, 지위가 높든 낮든, 부자든 가난하든 상관없이 작품은 모든 이에게 같은 감동을 선사한다. 그런데 미술관에서마저 서로 다른 대우를 받는다면, 예술이 추구하는 가치는 무엇일까.

코코는 아까 3전시실에서 만났던 그 할머니를 떠올렸다. 한 글자 한 글자 천천히 읽으며 작품을 감상하던 그 모습. 그분은 아무런 요구도 하지 않으셨다. 그저 주어진 시간과 공간에서 최선을 다해 작품을 만나려 하셨을 뿐이다. 그리고 관람을 마치고 나서는 '잘 봤습니다'라고 고마워하며 떠나셨다.

물론 그 노신사들도 나름의 이유가 있었을 것이다. 어쩌면 정말 중요한 기록을 남기려 했을 수도 있고, 미술관과 특별한 인연이 있는 분들일 수도 있다. 하지만 그렇다고 해서 모든 관람객이 지켜야 할 원칙을 무시해도 되는 것일까.

김환기 작가도 뉴욕에서 무명의 화가로 지내며 작품을 그렸다. 아무도 알아주지 않는 상황에서도 묵묵히 점을 찍어 나갔다. 그런 그의 작품이 지금 이렇게 많은 사람들에게 감동을 주고 있는 것은 권력 때문이 아니라 작품 자체의 힘 때문이다.

미술관은 모든 사람에게 열린 공간이어야 한다. 그리고 그 공간에서는 모든 관람객이 동등하게 대우받아야 한다. 그것이 바로 예술이 추구하는 가치이자, 미술관이 지켜야 할 원칙이 아닐까.

서울, 2005년
코코, 스물 다섯

2005년 가을, 코코는 회사 앞에서 아빠를 기다리고 있었다. 오늘은 아빠가 포천에서 짐을 싣고 와서 자신을 태워 집으로 가기로 한 날이었다. 저녁 해가 기울어가고 사람들이 하나 둘 퇴근하고 있었다. 코코는 시계를 보며 아빠를 기다렸다. 그때 큰 화물차 소리가 들렸다. 코코가 고개를 들어보니 아빠의 파란색 화물차가 보였다.

"코코야!"

아빠가 창문을 내리고 손을 흔들었다. 코코는 뛰어가서 조수석 문을 열었다.

"아빠, 오늘 일 많이 힘드셨어요?"
"괜찮아. 우리 딸 보러 오는 길이니까."

"오늘 포천까지 갔다 왔어. 길이 좀 막혔지만 퇴근시간에 맞춰 왔지?"

"네, 딱 맞춰 오셨어요."

아빠는 능숙하게 핸들을 돌려 차를 출발시켰다. 큰 화물차였지만 아빠는 워낙 베테랑 운전사이기도 해서 부드럽게 차를 움직였다.
 여의도를 빠져나오는 길은 여전히 복잡했다. 금요일 저녁 퇴근 시간이라 차들이 줄지어 서 있었다. 국회대로부터 한강대교까지 거의 걸어가는 속도였다.

"아이고, 오늘 정말 막히네."
"아빠, 힘드시죠?"
"괜찮아. 이런 날이 있어야 한가한 날도 있는 거지."

아빠는 여전히 여유로웠다. 서울 시내를 빠져나와 경부고속도로에 접어들 때까지 거의 한 시간이 걸렸다. 그제야 속도를 낼 수 있었다.
"이제 좀 시원하네."

고속도로에서 달리는 화물차는 힘차게 앞으로 나아갔다. 창밖으로 가로등들이 빠르게 지나갔다. 코코는 아빠의 옆모습을 보았다.

수염이 조금 자라 있었고, 이마에 주름이 생겼지만 여전히 든든해 보이는 모습.

"아빠, 잠깐 휴게소에 들러도 돼요?"
"그래, 나도 좀 쉬고 싶었어."

덕평 휴게소에서 잠깐 멈췄다. 아빠는 화장실에 다녀오고, 코코는 매점에서 마실 물과 쥐포를 샀다.

"이거 드세요. 아빠 좋아하시는 거잖아요."
"우리 딸이 사줬네. 고마워."

아빠는 쥐포를 뜯어 한 조각 입에 넣었다.

"맛있다. 운전하면서 먹으면 안 되는데, 차 세워두고 먹으니까 더 맛있네."
"아빠, 저녁을 여기서 먹고 갈까요? 피곤하실 텐데."
"아니야. 집에 가서 엄마표 밥 먹자. 휴게소 음식이야 언제든 먹을 수 있지만, 엄마가 해주는 밥은 집에서만 먹을 수 있잖아."

"맞아요. 엄마 밥이 최고죠."
"괜찮아. 이제 집까지 한 달음질이야."

다시 차를 부지런히 달려 집에 도착했을 때, 현관문이 열리면서 엄마가 나왔다.

"어머, 우리 아빠 딸이 같이 왔네!"

엄마의 얼굴이 환해졌다. 남편과 딸을 함께 보니 더없이 좋아 보였다.

"엄마, 아빠가 일 마치고 돌아오는 길에 마침 전화 줘서 회사 앞으로 데리러 왔어."
"고생했어요, 여보. 코코야, 어서 들어와."

그날 저녁, 엄마가 특별히 닭볶음탕을 끓여주었다. 푸짐한 엄마표 닭볶음탕에 온 가족이 둘러앉았다.

"아빠 힘드셨을 텐데, 오늘은 이걸로 기운 내세요."

"엄마가 해주는 음식이 최고야."

아빠는 뜨거운 국물을 호호 불며 먹었다. 코코는 그 모습을 보며 가슴이 따뜻해졌다. 아빠의 거친 손, 수염이 자란 얼굴, 하루 종일 일한 피로가 묻어 있지만 여전히 온화한 미소. 이 모든 것이 코코에게는 소중한 추억의 조각들이었다.

화물차 안에서 나눈 대화들, 휴게소에서 함께 먹은 쥐포, 집으로 향하는 고속도로의 가로등들. 평범해 보이는 이 모든 순간들이 얼마나 값진 시간이었는지 새삼 깨달았다.

"우리 가족이 이렇게 모여 있으니 정말 좋다." 엄마가 말했다.

코코가 집에 올 때마다 엄마의 얼굴에는 특별한 기쁨이 피어났다. 평소보다 더 정성스럽게 음식을 준비하고, 아빠에게도 "오늘 코코 데려다 줘서 고마워요"라며 고마워했다.

"엄마, 내가 올 때마다 이렇게 맛있는 걸 해주시니까 더 자주 와야겠어요."

"언제든 와. 우리 딸이 오면 집안이 더 환해져." 아빠도 고개를 끄덕였다.

"맞아. 코코가 있으니까 우리 집이 완전해지는 것 같아."

코코는 부모님의 따뜻한 말에 눈시울이 촉촉해졌다. 아빠의 화물차가 가져다준 하루의 마무리가 이렇게 포근할 줄이야. 이런 평범한 저녁 풍경이 얼마나 소중한 행복인지, 언제까지나 간직하고 싶은 순간이었다.

엘즈미어섬, 2025년 여름

3전시실에서 바라본 풍경

쉴 새 없이 관광객을 태운 버스가 들어서고, 택시들도 계속해서 줄지어 미술관으로 몰려든다. 3관에서 창밖으로 내다보다가 알록달록 예쁜 관광버스와 택시를 보며 코코는 잠시 미소를 짓는다. 이 많은 사람들은 이번 주가 마지막 전시라는 걸 알고 온 것일까? 아니면 엘즈미어 시에 놀러 온 김에 미술관 나들이를 나선 것인지 궁금했다.

무리가 1층 로비를 꽉 메우며 조용했던 미술관이 다시 활기를 찾고 시끌벅적하다. 마지막 주 수요일 문화의 날이라 오늘은 아침부터 클래식 앙상블까지 더해져 미술관의 분위기를 한층 더 멋진 공간으로 만들어 버렸다. 유독 바이올린의 합주가 아름답게 들리던 날. 관람객들도 그 분위기를 즐기며 연주가 끝나면 열화와 같은 박수갈채가 이어졌다. 전시실 밖에서 들리는 소리를 들으며 코코는 3전시실을 관람하는 사람들에게 눈을 떼지 않고 있었다.

 단체객들은 목에 명찰을 달고 삼삼오오 입장을 했고, 무리 중 좀 다른 포지션의 사람들은 역시나 교사라는 명찰을 달고 있었고, 작은 수첩 하나씩을 들고 나이 지긋한 어머니들 아버지들은 연신 작품 감상을 하며 무언가를 써 내려갔다.

 작품 옆 모퉁이에 캡션으로 적어둔 김환기 작가의 글을 또박또박 한 글자씩 읽고 계시는 어머니가 계셨다. 이제 막 한글을 깨우치신 모양이다. 정말 한 글자 한 글자 천천히 뜻을 음미하며 읽고 감탄하면서 좋아하셨다. 조금 멀리서 그들의 모습을 지켜보며 크게 다른 관람객에게 피해를 주지 않아 가만히 지켜보고 있는데... 관람을 마치셨는지 코코를 보며 나지막한 소리로 '잘 봤습니다'라고 말하며 퇴장하신다.

 미술관에 있다 보면 정말 하루에도 많은 사람들을 보게 된다. 쪽쪽이를 문 돌 지난 아가들부터 지팡이를 짚고 오신 분, 휠체어를 타고 오시는 분들, 지적장애인들, 대단한 유명 인사들부터 평범한 일반인들까지. 학생 단체와 여성 단체, 예술계 단체, 글과 그림 예술에 조예가 깊은 사람들까지 참 다양한 부류의 사람들을 보면서 연인, 가족, 삼대 사대가 함께하는 모습을 보고 있노라면 정말이지 이 미술관의 매력에서 벗어날 수가 없다.

 김환기 작가는 김향안 여사를 아내로 맞이한 후 50세의 나이에 뉴욕으로 향하고 거기서 11년 간 생활하며 '김환기 뉴욕 시대'가 탄생했다. 이 작가의 반추상 그림이 추상으로 변화하는 재미도 톡톡히 볼 수 있고, 또 점선면이 하나의 멋진 그림으로 탄생한 작품들을 볼 수 있어서 감동적이다. 얼마나 많은 시간과 정성을 다해 점을 찍고 선을 그리며 면을 채웠을지. 실제로 장신의 작가는 목 디스크로 수술을 받고 병실에서 낙상하는 바람에 세상을 떠난다. 그의 나이 61세에.

 그의 아내 김향안 여사의 숭고한 희생도 만만치 않다. 한국일보에 '어디서 무엇이 되어 만나랴'로 출품한 작품이 대상을 차지하면서 또 환기 재단을 이끌며 남편의 그림을 모으고 전시

하고 후대 사람들에게까지 알려질 수 있었던 것도 아내의 공이라 하겠다.

문득 코코는 아까 그 어머니의 모습을 떠올렸다. 한 글자 한 글자 천천히 읽으며 감탄하던 그 모습에서 무언가 특별한 것을 느꼈다. 김환기 작가가 하나하나 점을 찍어가며 작품을 완성해 나갔듯이, 그 어머니도 한 글자 한 글자 읽어 나가며 작품을 이해해 나가고 있었던 것이다.

예술이란 결국 이런 것이 아닐까. 시간을 들여 천천히, 정성스럽게 다가가는 것. 김환기가 점 하나하나에 혼을 담았듯이, 관람객들도 작품 하나하나에 자신의 마음을 담아 바라보는 것. 그 과정에서 작가와 관람객 사이에 보이지 않는 교감이 일어나는 것이다.

코코는 창밖으로 계속 몰려드는 사람들을 보며 생각했다. 이들 모두가 각자 다른 이유로 이곳에 왔지만, 결국 같은 것을 찾고 있는 것은 아닐까. 바로 마음의 울림, 감동, 그리고 삶의 의미 같은 것들 말이다.

 김환기가 뉴욕에서 고독하게 점을 찍어 나갔을 때, 과연 이렇게 많은 사람들이 자신의 작품을 보게 될 것이라고 상상했을까. 그의 아내 김향안 여사가 남편의 작품을 세상에 알리기 위해 헌신했을 때, 이렇게 다양한 사람들이 모여 감동을 나누게 될 것이라고 생각했을까.

 예술은 혼자만의 것이 아니다. 작가에서 시작되어 큐레이터, 미술관 직원, 그리고 관람객에 이르기까지 수많은 사람들의 마음을 거쳐 완성되는 것이다. 오늘 이 3전시실에서 일어나고 있는 모든 일들, 할머니가 천천히 읽는 목소리, 아이들이 신기해하는 눈빛, 연인들의 속삭임, 가족들의 대화... 이 모든 것이 김환기 작품의 또 다른 완성이 아닐까.

 코코는 마지막 전시가 끝나고 나면 이 공간이 다시 조용해질 것을 생각했다. 하지만 오늘 이곳에서 느낀 감동들은 사람들의 마음속에 남아 또 다른 예술이 되어 퍼져나갈 것이다. 그것이 바로 예술의 진정한 힘이자 의미가 아닐까.

시간은 흘러가고 전시는 끝나지만, 예술이 주는 울림은 영원하다. 김환기의 점들이 그랬듯이, 오늘 이 공간에서 만들어진 작은 감동들도 언젠가는 큰 울림이 되어 누군가의 삶을 변화시킬 것이다. 그런 생각에 코코는 다시 한 번 미소를 지었다.

사진 속의 로열 패밀리

화이트 미술관의 마지막 전시실은 언제나 신비로운 기운으로 가득했다. 순백의 벽면과 은은한 조명으로 둘러싸인 그 공간의 가장 안쪽에는 '로열 패밀리'라는 이름의 초대형 사진이 걸려 있었다. 빛바랜 흑백 사진 한 장이었지만, 그 안에 담긴 힘은 보통 사진과는 차원이 달랐다.

화려한 궁전이나 황금 왕관 대신, 잔디밭 위에 돗자리를 깔고 웃고 있는 평범해 보이는 가족의 모습이었다. 관람객들은 그저 피크닉 사진이라 여기거나 옛날 광고 촬영 장면으로 착각

하곤 했다. 하지만 코코만은 달랐다. 코코는 이 사진 앞에서 발을 멈출 때마다 설명할 수 없는 감정의 파도에 휩쓸렸다. 마음이 따뜻해졌다가 금세 서늘한 바람이 불어오는 것 같았다. 사진 속 아이의 웃음이 낯설지 않았다. 마치 잃어버린 기억 속 자신의 모습을 보는 것만 같았다.

그날도 한 가족이 조용히 들어왔다. 휠체어를 탄 노모와 딸, 그리고 손녀. 세 세대가 함께 온 가족이었다. 딸이 할머니를 사진 앞으로 조심스럽게 안내하며 말했다.

"어머니, 여기예요. 저희가 꼭 보고 싶다고 했던 그 사진이요."

할머니는 사진을 오래도록 바라보았다. 그녀의 눈에서는 오래된 기억의 빛이 반짝였다. 그리고 작은 목소리로 중얼거렸다.

"저런 날이 있었지… 한때는 우리도 저렇게 웃었지…"

코코는 숨을 멈췄다. 그 목소리는 낯설지 않았다. 어쩌면 평생 듣고 싶었던 어떤 목소리와 닮아 있었다. 할머니의 음성 속에서 오래전 잃어버린 따뜻함이 느껴졌다.

그날 밤, 코코는 처음으로 아버지와의 마지막 순간을 꿈에서 선명하게 보았다. 하늘 위에서 벌어진 그 참혹한 광경이 마치 영화처럼 되살아났다. 기체 결함으로 산산조각 난 비행기, 수많은 사람들이 허공으로 떨어져 나갔고, 그 아수라장 속에서 젊은 아버지는 필사적으로 손을 흔들고 있었다. 바람소리와 기계음이 뒤섞인 소음 사이로 들리는 그의 목소리. 입모양이 분명히 말하고 있었다.

"코코야, 아빠가 너를 사랑한다."

악몽에서 깨어난 코코는 가슴이 뛰는 것을 느끼며 옷장을 열었다. 오래된 나무 상자를 꺼내어 먼지를 털어냈다. 상자 안에는 유년 시절의 소중한 한 장의 사진이 고이 보관되어 있었다. 돗자리 위에 앉아있는 가족 세 사람. 아빠의 나이 서른다섯, 대통령이 되기 전 아버지가 가족과 함께한 마지막 봄날의 기록이 었다.

사진을 들여다보던 코코는 온몸에 전율이 흘렀다. 그때 깨달 았다. 화이트 미술관 마지막 전시실에 걸린 '로열 패밀리'는 바로 자신의 가족사진이었다는 것을.

코코는 다음 날 아침 일찍 미술관으로 향했다. 전시실 문지기 할아버지에게 물었다.

"저 사진에 대해 더 알고 싶어요. 언제, 어떻게 여기 오게 된 건가요?"

할아버지는 신비로운 미소를 지으며 대답했다.

"그 사진은 특별하지. 진정한 사랑과 그리움이 담긴 사진들만이 이 전시실에 들어올 수 있거든. 그 사진을 기증한 분은 '언젠가 주인이 다시 찾아올 것'이라고 했어."

코코의 심장이 두근거렸다. 그녀는 사진 속 할머니의 모습을 떠올렸다. 어쩌면 그 할머니가 자신의 친할머니일지도 모른다는 생각이 들었다.

"그분이 누구인지 알 수 있을까요?"
"미안하지만 그건 비밀이야. 다만 한 가지 말할 수 있는 것은, 진정한 가족은 시간과 공간을 초월해서 다시 만나게 된다는 것이지."

며칠 후, 코코는 다시 그 전시실을 찾았다. 이번에는 자신의 가족사진을 가지고 왔다. 두 사진을 나란히 비교해보니 의심의 여지가 없었다. 완전히 같은 사진이었다.
바로 그때, 뒤에서 누군가의 목소리가 들렸다.

"코코야?"

뒤돌아보니 며칠 전 본 그 할머니가 서 있었다. 휠체어 없이, 혼자서 걸어와 있었다. 할머니의 눈에는 눈물이 고여 있었다.

"할머니세요?"

"그래, 내 손녀야. 너를 얼마나 찾았는지 몰라."

두 사람은 서로를 끌어안았다. 오랜 세월 떨어져 있었던 가족이 다시 만나는 순간이었다.

할머니는 코코에게 모든 것을 설명해주었다. 아버지가 대통령이 되면서 가족들은 안전을 위해 흩어져 살아야 했다. 비행기 사고 이후 코코는 어디론가 숨겨졌고, 할머니는 평생 손녀를 찾아 헤맸다.

"이 사진은 마법이 담긴 특별한 사진이야. 진정한 사랑과 그리움이 담긴 사진은 운명적으로 주인을 찾아주는 힘이 있어. 나는 이 사진을 미술관에 기증하면서 언젠가 너를 다시 만날 수 있을 거라고 믿었단다."

코코는 그제야 모든 것을 이해했다. 사진 속의 로열 패밀리는 왕족이 아니라, 서로를 진심으로 사랑하는 진짜 가족이었다. 그리고 그 사랑의 힘이 마법이 되어 잃어버린 가족을 다시 이어준 것이었다.

: 에필로그

뉴욕, 뉴욕 – 다시 깨어나는 꿈
깊은 새벽의 꿈

"아빠! …아빠!"

깊은 새벽, 보니는 벽을 뚫고 나올 듯한 심장 소리와 함께 울먹이는 외침으로 눈을 떴다. 뺨은 젖어 있었고, 방 안은 익숙하지만 낯선 정적에 잠겨 있었다. 꿈이었다. 하지만 너무도 선명했다.

아버지가 그녀의 이름을 불렀고, 그녀는 아이처럼 그의 품에 안겼다. 그곳은 하얗고 투명한 미술관 같기도 했고, 수많은 유리문과 계단이 어지럽게 펼쳐진 공간 같기도 했다. 어디선가 바람에 흩날리는 듯한 핑크 네온 사인이 천장에서 흔들리고 있었다.

"여긴 어디지?" 보니는 꿈속에서 그렇게 되뇌었다.

꿈에서 깨어난 보니는 손으로 얼굴을 감싸쥐며 숨을 고르듯 앉아 있었다. 아이 둘은 아직 깊은 잠에 빠져 있었고, 남편은 보니가 잠결에 소리를 지르는 바람에 깨어있었다. 시계는 새벽 3시를 가리키고 있었다.

보니는 거실 창문 너머로 세상의 빛 없는 밤을 바라보았다. 그 어둠은 언젠가 그녀가 '화이트 미술관'이라 불렀던 공간에서 느꼈던 그 깊은 정적과도 닮아 있었다.

지금 그녀는 두 아이의 엄마이고, 소박한 마을에서 살며 하루하루를 돌보며 살아간다. 하지만 그 마음 깊은 곳엔 여전히 전시장의 창가에 서서 사람들을 바라보던 젊은 시절의 자신이 고요히 살아 있었다. 그 시절, 보니는 아버지를 일찍 잃고, 어머니 손에 자라며 세상에 대한 질문을 품고 살았다.

"사람은 왜 사라지는 걸까?"
"나는 누구를 기다리는 걸까?"

그리고 화이트 뮤지엄이라는 공간에서 사람들의 걸음, 시선, 침묵, 그리고 예술을 통해 그 질문에 대한 답을 조금씩 찾아가고 있었다.

꿈은 그런 그녀에게 마치 한 통의 편지처럼 도착한 것이다. '너는 잊은 줄 알았겠지만, 마음 속에 여전히 그 시절의 너와, 아빠가 함께 있다는 것.'

다시 이불을 덮고 누운 보니는 눈을 감기 전, 창밖 하늘을 바라보았다. 그 순간, 멀리서 작은 별 하나가 깜빡이고 있었다. 그 별이 화이트 미술관 2관 천장에서 보이던 점의 무늬와도 닮아 있었고, 김환기의 그림 한 구석의 점처럼 삶 속에 박힌 조용한 우주 같았다.

그리고 그 밤, 보니는 속삭였다.

"아빠, 나 잘 살고 있어요. 미술처럼, 사람들처럼, 조용하지만 따뜻하게."

바로 그때였다. 누군가 가볍게 그녀의 어깨를 '톡' 하고 두드렸다. 보니는 놀란 듯 뒤를 돌아보았다. 그런데 그곳엔 아무도 없었다.

 아무도… 없는 줄 알았지만, 분명히 무언가의 기척이, 따뜻한 기운이 남아 있었다. 바람도 아니고, 소리도 아니고, 마치 가장 믿고 싶었던 누군가의 손길처럼.

 그 순간, 보니의 귓가에 맑고 투명한 목소리가 속삭이듯 들려왔다.

 "괜찮아, 보니야. 넌 너답게 잘 지내고 있어."

 그 말과 함께 은은한 빛 입자가 그녀의 눈앞에서 반짝였다. 그것은 어릴 적 상상 속에 있던 천사, 팅커벨. 보니가 가장 외로웠던 시절, 언제나 위로가 되어준 천사 친구였다.

 팅커벨은 아주 잠깐, 그녀의 어깨 위에 앉았다가 다시 하늘로 톡 날아올랐다. 그리고 말없이 웃었다. 그 눈빛은 이렇게 말하고 있었다.

 "니가 가라~ 뉴욕."

에필로그

화이트 미술관

'어디서 무엇이 되어 다시 만나리?'

에필로그

아빠는 하늘 나라에서 두 아이의 아빠가 되어 살고 있었다.

작가의 말
: 삶의 흐름 속에서 만들어가는 나

삶은 강물처럼 끊임없이 흐른다. 그 흐름 속에서 우리는 매 순간 선택의 기로에 서며, 그 선택들이 모여 지금의 내가 된다. 과거의 상처와 실수, 기쁨과 성취는 모두 나라는 존재를 조각해온 소중한 재료들이다. 때로는 지우고 싶은 기억이라 할지라도, 그것조차 나를 더욱 단단하고 깊이 있게 만든 밑바탕이 되었다.

중요한 것은 삶이 과거의 산물로 완성되는 것이 아니라는 점이다. 삶은 현재진행형이며, 지금 이 순간에도 우리는 끊임없이 변화하고 성장한다. 매일 아침 눈을 뜨는 순간부터 잠들기까지, 우리가 내리는 크고 작은 결정들은 모두 미래의 나를 빚어가는 창조적 행위다.

50대, 60대를 맞이한다고 해서 인생의 가능성이 줄어드는 것은 아니다. 오히려 축적된 경험과 지혜를 바탕으로 더욱 자유롭고 진정성 있는 선택을 할 수 있는 시기다. 나이는 한계가 아니라 새로운 출발점이 될 수 있다.

 삶의 아름다움은 완성된 작품에 있지 않다. 매순간 새로운 색채를 더하고, 새로운 선을 그어 나가는 그 과정 자체에 있다. 우리는 모두 자신만의 캔버스 위에서 붓을 든 화가다. 과거의 그림자도, 현재의 고민도 모두 작품의 일부가 되어 더욱 풍성한 이야기를 만들어 낸다.
 그러므로 지금 이 순간을 소중히 여기자. 오늘의 선택이 내일의 나를 만들고, 그 내일의 나는 또 다른 가능성의 문을 열어 갈 것이다.

 삶은 계속 흐르고, 우리는 그 흐름 속에서 끊임없이 새로워진다.

출판일 | 2025.8.15
저자명 | 이보하
편　집 | 이보하
출판사 | 부길따
ISBN | 979-11-992473-0-7

이 책 내용의 전부 또는 일부를 재사용하려면 반드시 저작권자의 서면 동의를 받아야 합니다.